Sophie Wouters

Sophie Wouters est une artiste peintre et une autrice belge. Son premier roman, *Célestine* (180° éditions, Belgique, 2021 ; Éditions Hervé Chopin, France, 2023), a reçu le Prix Chapel 2021 (prix littéraire de la Chapelle Musicale Reine Elisabeth), ainsi que le Manneken-Prix 2022 de l'auteur bruxellois de l'année.

Retrouvez toute l'actualité de l'autrice sur son site : https://www.sophiewouters.com/

CÉLESTINE

SOPHIE WOUTERS

CÉLESTINE

ÉDITIONS HERVÉ CHOPIN

La première édition de cet ouvrage a été publiée en Belgique
et en Suisse en 2021 par 180° éditions, Sion (Suisse)

ISBN : 978-2-266-33919-3
Dépôt légal : mars 2024

À William

— La Célestine avait tout de suite commencé par faire fort !

La journaliste, les pieds dans la paille, s'approcha encore un peu plus de Marcel avec son microphone.

— Venir au monde après le décès de ses parents… Vous n'allez quand même pas m'dire que c'est la façon d'faire du commun des mortels ! marmonna-t-il, assis à califourchon sur son petit tabouret, en tirant plus énergiquement sur les mamelles de la vache qui s'était mise à beugler.

Et c'est sans se faire prier, cette fois, qu'il se mit à raconter la naissance de l'enfant :

— C'était au retour de la fête du 14 juillet 56. La 2 CV de ses parents était en train de fumer contre un arbre… Et c'est à quelques pas de là, le long de la départementale, parmi les coquelicots, sous un ciel sans nuages, qu'elle a vu l'jour. Je me rappelle qu'il était d'une chaleur agréable et douce, comme celle d'un beau d'printemps. On m'a rapporté qu'elle ne pleura pas un seul instant. Brunard, le vétérinaire qui venait de faire en grande urgence une césarienne à cette pauv'mère décédée, s'en était inquiété.

Puis, après avoir retiré une mèche rebelle qui lui barrait le front, il s'était levé et avait conclu :

— Mais moi, j'vous l'dis, déjà une sans-cœur, la p'tite !

* * *

Cour d'assises des mineurs – Septembre 1973

— Accusée, levez-vous.

Célestine se leva lentement, le regard absent.

— Pour la dernière fois, nous vous prions de vous exprimer ! Sans cela, mademoiselle, nous ne pourrons rien faire pour vous !

Sa bouche s'entrouvrit et la petite assemblée stupéfaite se suspendit à ses lèvres.

— Je n'ai rien à dire, murmura-t-elle.

Mais pourquoi donc avait-il accepté de prendre sa défense ? « Aussi jolie qu'elle soit, elle met décidément bien de l'ombre sur mon avenir ! » rumina le très jeune maître Baldaquin, dont les manches connurent un léger envol désappointé.

Le président, tout aussi désabusé, avait saisi sa cloche et, après l'avoir soulevée d'une main molle, la maintint quelques secondes dans l'air. Puis, à contrecœur, il se mit à l'actionner.

— La Cour va se retirer aux fins de délibérer.

* * *

Transportée dans le cliquetis des bouteilles de la fourgonnette du laitier, c'est déjà escortée par deux motards que Célestine avait fait, sous les banderoles et en grande pompe, une première entrée très remarquée au village. Même les confettis qui jonchaient la rue principale semblaient y avoir été parsemés aux fins de l'accueillir.

Bien vite, après cette fête nationale, elle fut confiée aux bons soins d'une vieille tante.

Berthe et son mari Aristide avaient en effet, bon gré, mais surtout mal gré, accepté de prendre cette « enfant tombée du ciel » sous leur aile et c'est ainsi qu'ils lui attribuèrent, non sans une pointe d'ironie, ce doux et désuet prénom.

Les gosses, ce n'était pas leur truc. Ils n'en avaient jamais voulu et s'étaient toujours arrangés pour ne jamais en avoir. Enfin, surtout Berthe. « Encombrants ! » criait-elle à qui voulait bien l'entendre.

Mais en souvenir de sa mère qui avait adoré sa cousine, la grand-mère de Célestine, elle avait démenti ses propos. Cela n'avait jamais été le qu'en-dira-t-on qui l'avait arrêtée.

Berthe était ce genre de femme opulente dont on pouvait se demander comment des jambes aussi fines ne s'effondraient pas sous le poids d'un tel buste. Elle vivait avec son tablier et ne le retirait que pour la messe du dimanche ou quelque autre rare occasion. Elle faisait partie de ce que l'on appelle les maîtresses femmes qui mènent énergiquement leur petit monde à la baguette… en l'occurrence, ici, son mari.

Aristide avait trois passions : ses champs, sa collection de papillons et son âne, Gaspard. Une quatrième s'imposa vite après la mort de ce dernier : le vin rouge et ses enivrants bienfaits. Et lorsqu'il arrivait que cet alcool le prenne tout entier, Berthe avait pris pour simple habitude d'envoyer ses ronflements et ses effluves sur le divan fleuri du salon pour la nuit.

Sinon, tant que le travail de son époux était fait et bien fait, qu'il ne l'emmerdait pas, qu'il continuait à lui obéir sans broncher et que cela ne réveillait pas en lui des désirs charnels, la Berthe le laissait bien souvent tranquille avec son énervante compagne. Elle avait d'autres choses à penser.

L'arrivée de Célestine n'opéra qu'un tout petit changement dans la vie d'Aristide.

Berthe avait en effet décidé de donner à la petite une éducation à l'image même de celle qu'elle avait reçue, trop heureuse de ce qu'elle était devenue grâce à elle, et donc, tout comme sa mère, ne mit qu'une exception à l'ordre établi. C'est ainsi que Célestine se vit exonérée de la clause « Pas d'enfants dans la chambre à coucher des parents » en cas de maladie infantile, et qu'Aristide passa plus de nuits encore sur le canapé.

Célestine faisait partie de ces bébés qui réveillent en nous l'instinct cannibale.

Quand Berthe se rendait au village, il y en avait toujours pour se pencher sur le landau et s'exclamer, après avoir ouvert grand la bouche et des yeux ronds comme des billes : « Ooh ! Mais elle est à bouffer ! »

Un jour, agacée, elle avait tiré d'un coup sec vers elle le petit véhicule et en avait remonté rapidement les soufflets.

— Vous n'croyez pas qu'elle en a déjà assez vu, la p'tite !? avait-elle alors grommelé en levant les yeux vers le ciel.

— Mais on n'peut quand même pas lui dire « Ses parents doivent être tellement fiers ! » avait le soir même ironisé Alfred, le garagiste, en trinquant avec ses clients et acolytes au Café de la Poste.

Le cas « Célestine » était donc devenu le sujet de conversation des habitants de la bourgade et sa place presque aussi centrale que celle de son bistrot.

— Pour une fois qu'il s'est passé quelque chose d'extraordinaire dans notre campagne… Il n'y aurait aucune raison de s'en priver ! disait toujours le même Alfred à son épouse avant son coucher alcoolisé.

— On dirait une poupée ! Je serais à votre place, Berthe, je l'inscrirais sans hésiter au concours « Bébé Cadum », lui avait fait remarquer Mme Morel, la femme de Jacky, le laitier, l'ambulancier d'un jour. Avec des yeux aussi magnifiques, ce sourire si plein de malice, ce teint rose qui respire la santé et cette bouille d'angelot joufflu, elle a vraiment tout pour le remporter ! lui avait-elle assuré.

Et c'est après s'être renseignée sur cette compétition organisée pour désigner le plus beau bébé de France que Berthe, de retour chez Vachalait, s'était écriée :

— Être le symbole national de l'hygiène, oui ! Mais les fesses en l'air sur une couverture, moi vivante, jamais !

Elle avait ensuite payé son dû et s'était retournée en concluant :

— Et puis on ne peut pas dire qu'il ait porté chance à son premier lauréat… Avoir été envoyé dans les camps dix-sept ans plus tard avec toute sa famille et en avoir été le seul survivant, vous n'allez quand même pas me…

La porte avait claqué si fort qu'elle avait rendu la fin de sa phrase inaudible et que les bouteilles déjà blanches s'en étaient mises à trembler.

« Raté ! » avait alors pensé Mme Morel.

Elle avait espéré que l'histoire de Célestine avec sa très probable victoire eût pu apporter quelque lumière sur son village et, qui sait, sur son mari.

* * *

Aristide chercha de temps à autre à prendre l'enfant dans ses bras, mais à chaque fois il s'était heurté à un mur de hurlements.

— Je n'comprends pas ! Je l'aime pourtant bien la Célestine ! avait-il fini par dire un jour, dépité, à son épouse.

— Avec la gueule que tu as, tu dois certainement lui faire peur ! Redépose-la donc, cette petite ! Les bébés n'aiment pas les moches ! lui avait-elle répondu en épluchant ses pommes de terre.

Il l'avait remise dans son berceau, avait rejoint ses fioles et ses lépidoptères, et ne fit plus aucune tentative avec le nourrisson.

Berthe était le genre de femme, vous l'aurez compris, qui allait droit au but. Elle ne cacha donc jamais à l'orpheline les prémices de sa vie. Mais comme la très jeune Célestine avait pu voir, tout aussi précocement, un bon nombre de bêtes le ventre ouvert pour mettre leur petit au monde, elle n'en fut dès lors jamais choquée. Et puis il est certain que la notion de mort n'avait pas encore eu le temps d'arriver dans sa sphère de compréhension.

Ce n'est que plus tard, en relevant que poulains, veaux, poussins et porcelets avaient encore leur mère, que la chose s'était mise doucement à la titiller et seulement après sa rentrée scolaire à la perturber. Surtout quand la grande question « Tu préfères ton père ou ta mère ? », qui se chuchotait parmi les enfants, semblait bien lui être épargnée.

Elle attendit cependant l'âge de raison pour être un peu plus éclairée. Berthe, les mains dans la pâte, lui avait alors rétorqué :

— Mais je te l'ai déjà expliqué, Célestine ! Va donc prendre ton bain ! Le repas est bientôt prêt.

Et comme elle en avait l'habitude, la petite s'était exécutée.

— Pas trop d'eau ! lui avait encore crié Berthe de la cuisine.

C'est donc sur cette rengaine que Célestine alla se noyer dans un océan d'interrogations et qu'elle en redescendit toute pimpante dans la cuisine.

Berthe et Aristide y étaient assis là, étrangement côte à côte, médusés, les coudes sur la toile cirée, les yeux exorbités devant le téléviseur. Un certain Kennedy était mort assassiné.

* * *

Berthe, contrairement à son mari, n'avait qu'une seule et unique passion : le Gotha. Sans doute que celle-ci avait pris naissance dans son goût pour l'ordre établi.

Et une fois par semaine, telle une répétition pour la messe du dimanche, elle enlevait méticuleusement son tablier puis, dans un second geste de bienséance, défroissait quelque peu sa robe pour aller s'installer dans son rocking-chair acheté pour l'occasion. Et c'est là, dans ce fauteuil dont une partie pouvait survoler le sol, qu'elle ouvrait religieusement son *Point de vue*.

Célestine avait, dès son plus jeune âge, été mise au parfum des familles royales et avait appris prématurément ce que l'étiquette « point rouge » voulait dire. Elle ne brava dès lors jamais cette alarme « Ne pas déranger », même le jour où Aristide se foula la cheville en tombant de l'échelle. Imaginer les foudres de sa tante l'en avait empêchée.

Dans son for intérieur, Célestine remerciait ces têtes couronnées. Enfin, tout particulièrement Grace et Rainier de Monaco.

Berthe était en effet allée, à l'annonce de leur mariage, prendre d'un pas et d'un geste décidés toutes ses économies cachées sous son matelas afin de négocier en toute urgence un téléviseur à la ville.

Elle avait déjà manqué le couronnement d'Elizabeth II en 1953 et il était hors de question pour elle de rater les noces de ce prince avec cette actrice qu'elle trouvait magnifique.

C'est donc ainsi qu'en avril 1956, en pleine guerre d'Algérie et quelques mois seulement avant l'entrée dans le monde de Célestine, le petit écran avait atterri dans la cuisine et que la fillette se retrouva dès lors bien vite la grande privilégiée du village.

À l'école, ses carnets de notes n'étaient pas des meilleurs et Berthe se vit un jour convoquée.

— Pas idiote, mais un peu trop la tête dans les nuages ! Célestine regarde bien plus souvent passer les oiseaux que les chiffres et les lettres au tableau. Et elle me semble bien plus fascinée par le champ de coquelicots que par tous mes propos !

Agacée par ce nouvel instituteur ostentatoire parlant en vers, elle avait quitté rapidement la classe en prenant Célestine par la main.

Mais quelle idée avait-elle donc eue, s'était-elle dit en sortant, d'avoir été lui décrire le tapis de fleurs sur lequel elle était née !

— Mais qu'allons-nous donc faire de toi !? s'exclama-t-elle en traversant la cour.

— Une speakerine ? murmura alors l'enfant, connaissant l'admiration de sa tante pour la nouvelle venue sur l'ORTF qu'était Denise Fabre.

— Encore faut-il être bonne en français ! fit-elle en soulevant ses larges épaules.

Les résultats ne se firent pas attendre et la Berthe put donc se féliciter tout aussi rapidement de ses dons de pédagogue.

Célestine avait une meilleure amie : Edith. Prénom que ses parents lui avaient donné en hommage à leur idole. Edith, qui était également sa plus proche voisine, était aussi laide que Célestine avait été avantagée par la nature. De grandes lunettes lui mangeaient son petit visage, d'affreuses dents, enfin du moins ce qui lui en restait, ornaient son triste sourire et des oreilles fortement décollées encadraient le tout.

« Dumbo » était le surnom que les gosses du patelin lui avaient attribué. Sauf Célestine, bien sûr.

— Les enfants peuvent être cruels ! lui avait un jour sorti Berthe. Ce n'est pas pour rien que je n'ai jamais voulu en avoir ! avait-elle vite ajouté en relevant la tête de son petit potager tout en balayant l'air d'un geste de la main.

Elle ne raconta pas à Célestine l'acharnement dont elle avait été victime. C'était de l'histoire ancienne et elle préférait l'oublier.

Le 10 octobre 1963, Edith connut pourtant un grand moment de gloire qui changea quelque peu son existence. Son prénom se retrouva en effet à la une de tous les journaux au bistrot sans qu'un adulte ne l'eut alors à la bouche. Et pour mettre en avant son amie, Célestine raconta que même le téléviseur s'en était emparé.

Ayant constaté que l'on pouvait s'appeler Edith, ne pas être jolie et être idolâtrée aux quatre coins du pays en avait bouché un coin aux enfants. « Dumbo » devint donc « Edith » du jour au lendemain. La mort de celle que l'on avait surnommée « la Môme » avait donc, dans un petit coin de France, réjoui l'amie de Célestine dont le sourire, quoique toujours aussi édenté, put enfin s'illuminer.

Trop heureuse de son nouveau statut, Edith ne sera donc jamais en rien envieuse quand, à l'école, les garçons seront tous en pâmoison devant Célestine. Tous, enfin presque… À l'exception du trio que formaient Bastien, Loïc et Rémi, qui disaient haut et fort ne pas s'intéresser aux filles tout en sortant les billes de leurs poches afin d'apporter la preuve de leur affirmation… et encore moins aux « petites », ajoutaient-ils parfois d'un air méprisant du haut de leurs huit ans.

Enfin, quoi qu'il en fût, il y en eut toujours plus d'un pour faire ses devoirs ou lui expliquer une matière ! C'est même de cette façon qu'elle arriva à passer ses deux premières années avec le minimum exigé, ce qui prouva à Berthe qu'elle n'était pas bête puisqu'elle avait eu l'intelligence d'accepter tous ces gracieux services.

Mais Célestine n'était pas ingrate non plus. Et comme elle avait fait d'énormes progrès en français, où elle était parvenue à exceller, elle avait donc décidé de leur donner quelques leçons privées en retour.

La chambre de Célestine connut dès lors un véritable défilé, auquel Berthe ne mit que rarement un frein, bien trop fière qu'elle était d'en avoir été l'initiatrice.

L'instituteur, qui s'était déjà étonné de l'avancement spectaculaire de Célestine dans cette branche, le fut tout autant par la chute vertigineuse de certains garçons de la classe.

S'il arrivait que ces cours particuliers prennent fin brusquement, c'était bien plus souvent sur l'injonction de la seconde maîtresse de maison qui trônait en ces lieux : la télévision. À l'heure dite, Célestine donnait en effet un rapide bisou au garçon, s'excusait tout aussi brièvement de cet arrêt brutal et filait à toutes jambes dans la cuisine. Il n'était pas question pour elle de rater le magique générique de sa série préférée. Et tandis que le garçonnet bienheureux, encore rougissant, rentrait chez lui avec des papillons plein le ventre en se croyant unique au monde, Célestine, elle, était calée sur sa chaise devant Samantha, sa sorcière bien-aimée. Parfois, il lui arrivait aussi, quand Berthe n'était pas dans la pièce, de se lever pour s'approcher de l'écran afin de mieux comprendre le mouvement de son nez.

Et le soir, pendant que d'autres comptaient les moutons, elle tentait dans son lit de faire apparaître ses parents, leur photo froissée entre les mains.

« Elle doit être trop parasitée », avait-elle fini un jour par se dire, la mine déconfite, avant de s'essayer, par défaut et en désespoir de cause, à faire bouger son réveil sur la table de nuit et de se résoudre, bien à contrecœur, à abdiquer.

Pourtant, quelques semaines plus tard, *Garou-Garou, le passe-muraille*, avec Bourvil, passa à la télévision et elle décida de retenter le coup. Le film terminé, elle avait embrassé Berthe et Aristide, était montée au plus vite dans sa chambre et avait foncé vers un de ses murs. Elle s'y était collée, s'y était appuyée de toutes ses forces et avait même essayé de côté.

« Non, décidemment, je n'ai vraiment aucun pouvoir ! » en avait-elle alors conclu, cette fois complètement dépitée.

Elle ne connaissait pas encore celui de sa grande beauté et encore moins les sortilèges que celle-ci lui avait jetés.

* * *

— Mais qu'as-tu donc à faire la grimace ?

— J'n'aime pas la…, marmonna la fillette, qui ne put terminer sa phrase, la voix de Léon Zitrone ayant surgi dans la cuisine.

Et c'est avec le geste que Célestine lui connaissait de balayer l'air de la main que Berthe s'était tournée vers le téléviseur en lui lançant d'un air agacé :

— Mais on ne te demande pas d'aimer, on te demande de manger !

Tandis que sa tante écoutait attentivement son royal présentateur, elle regarda à nouveau son assiette. Cela lui paraissait totalement insurmontable d'avaler cette langue de bœuf. Elle resta un instant pétrifiée. Puis, dans un élan de volonté, elle saisit ses couverts, coupa un petit morceau et le mit dans sa bouche en fermant les yeux et en tâchant de ne plus penser à rien.

Il n'était pas encore arrivé au bout de son œsophage qu'un énorme frisson secoua son corps tout entier et qu'elle sentit comme une goutte froide lui descendre le long du dos. Elle se mit à tousser et Berthe, énervée, s'était retournée.

— Mais arrête donc ces enfantillages ! Toutes ces simagrées pour une si petite chose ! Et puis tu sais quand même bien que tu ne quitteras pas la table avant d'avoir tout terminé !

Berthe eut à cet instant une fugace pensée pour sa mère puis refit volte-face vers son cher Léon. Une larme coula sur la joue de Célestine. Elle ne voyait pas comment s'en sortir. « Pourquoi donc n'avaient-ils pas un chien comme chez son amie Edith ? » était-elle en train de se demander tristement quand son regard croisa celui du Christ sur sa croix qui lui insuffla une idée. Certes, elle n'y croyait pas trop… Mais qu'avait-elle à perdre !? Et elle pensa très fort : « Seigneur, si vraiment vous existez, prouvez-le-moi, s'il vous plaît, sauvez-moi ! »

Elle avait à peine terminé sa prière qu'Aristide lui avait adressé un petit clin d'œil en lui faisant comprendre avec ses mains de couper sa tranche en deux. Ensuite, il piqua sa fourchette dans l'un des morceaux, l'avala d'une bouchée, attendit quelques minutes puis réédita son geste.

— Ben, tu vois quand tu veux ! lui avait lancé Berthe, l'intervention de Léon Zitrone terminée.

Célestine avait envoyé discrètement un sourire de remerciement à Aristide et en avait fait de même avec le Jésus sur la croix.

* * *

Tandis que les hommes et leur progéniture mâle sortaient du bistrot où venait de leur être confirmée la victoire du jeune Italien Felice Gimondi (qu'ils avaient tous pourtant estimé « trop tendre » pour le Tour de France), Célestine, assise à côté d'Edith sur un banc, regardait la place du village en ne se souvenant pas d'avoir déjà été aussi heureuse. Les banderoles et confettis ne lui avaient jamais paru aussi nombreux et la musique aussi enthousiasmante.

Elle avait « enfin » neuf ans ! Cet âge qu'elle avait tant et tant attendu ! Certes, son grand rêve était d'en avoir trente mais ce « neuf » lui avait toujours semblé une belle étape sur le chemin qui lui paraissait encore si long à parcourir. Elle avait même souvent la sensation qu'elle n'arriverait jamais au bout, que ce « trente » était aussi lointain que la préhistoire dont elle entendait parler à l'école.

Mais pour l'heure, elle baignait donc déjà dans le bonheur et ce n'était certainement pas sa magnifique robe, cousue par Berthe pour l'événement, qui mettait en relief sa blondeur et ses yeux verts, ni les propos d'Edith, qui étaient là pour le diminuer. Son amie lui avait en effet fait remarquer que l'année 1965 était celle des chiffres inversés de sa date de naissance. Ces mots qui avaient remplacé le traditionnel « Bon anniversaire » n'étaient venus bien sûr qu'amplifier ce merveilleux sentiment qu'était l'espoir d'un renouveau. Puis, comme pour couronner sa joie, Edith avait immédiatement ouvert le sac posé à côté d'elle et en avait sorti un paquet cadeau qui, de toute évidence, avait été confectionné de ses mains.

Très touchée par cette attention, Célestine détacha minutieusement, par respect pour le travail de son amie, les nombreux bouts de papier collant, et Edith sembla fortement regretter à cet instant le zèle qu'elle avait mis dans cet ornement.

Célestine parut pourtant ne pas le remarquer, car c'est avec tout autant de patience qu'elle se mit à défaire le nœud trop bien ficelé.

— Je l'ai tricotée moi-même ! put enfin s'écrier Edith, très fière de son ouvrage.

Célestine avait alors serré si fort son amie dans ses bras que celle-ci dut maintenir ses grandes lunettes afin de ne pas les perdre et toutes deux s'étaient dépêchées de se placer devant les traces de craie dessinées sur le sol.

Célestine était en train de se sentir voler, son écharpe en laine autour du cou, malgré la chaleur de l'été, certaine d'atteindre la case « ciel » lorsque, en plein équilibre sur un pied, elle aperçut sa tante avec sa tête des mauvais jours arriver vers elle en lui ordonnant d'un geste de la main de sortir de son petit parcours et de venir la rejoindre.

La tête de Célestine s'était allongée et ses ailes en étaient retombées du même coup.

Sa tante l'avait ensuite prise par le bras et l'avait entraînée à quelques mètres de là.

— Alors, Célestine ? lui demanda-t-elle en se mettant les mains sur les hanches. M'sieur le curé avec qui je viens de faire un brin de causette m'a fait part que ton instituteur lui aurait dit que tu doutais de l'existence de Dieu et que Jésus ait pu faire des miracles ?

— Oui… Mais…

Elle ne termina pas sa phrase et regarda ses chaussures.

Elle ne pouvait bien évidemment pas lui dire qu'elle avait « peut-être » changé d'avis depuis l'intervention d'Aristide dans la cuisine avec l'affreuse langue de bovin.

— Tu peux regarder par ici quand j'te parle, Célestine ! J'te fais remarquer que c'est l'même prix !

La petite releva les yeux.

— Eh bien, il s'est proposé de te donner lui-même quelques cours de catéchisme afin de t'éclairer sur les bienfaits du Seigneur ! Il t'attend dans la sacristie dimanche après la messe.

Le visage de Célestine s'assombrit à nouveau.

— Mais, tante Berthe, « La Séquence du spectateur »…

— Pour une fois, tu te passeras de ses lumières ! Celles du Bon Dieu avant tout !

Subitement, Berthe prit conscience qu'elle avait mal au cœur pour la fillette, se découvrant même une petite honte de lui avoir fait cette annonce le jour de ses neuf ans… Elle savait pertinemment que le générique de cette courte émission présentant les films sortis au cinéma lui était tout aussi magique que celui de *Ma sorcière bien-aimée* et qu'elle s'en faisait chaque fois une fête… Mais il avait bien fallu qu'elle se l'avoue, l'idée que la petite puisse filer du mauvais coton l'avait vraiment emporté.

Et comme pour tenter de se pardonner cette méchante impulsivité, elle avait ajouté :

— Déjà que monsieur le curé a eu la gentillesse d'avancer l'heure de la messe du dimanche pour que l'on puisse être devant le poste à midi ! Ce n'est donc pas pour une fois que tu…

Elle non plus n'acheva pas sa phrase et c'est en cherchant l'absolution de Célestine qu'elle se pencha vers elle en lui tendant la joue :

— Allez, arrête donc de faire ta tête d'enfant martyr et donne-moi la baise, lui dit-elle en tapotant tendrement ses fesses afin de lui faire comprendre qu'elle pourrait ensuite retourner jouer avec son amie.

Mme Morel, qui avait tout entendu, avait eu une grande envie de lui rétorquer que le curé avait plutôt eu « l'intelligence » de changer l'heure de la messe s'il ne voulait pas voir son église désertée pour cet autre culte qu'était « La Séquence du spectateur »... Tout comme Lucien avait eu celle d'acquérir un téléviseur en guise d'attrape-mouche pour son bistrot. Mais elle s'était abstenue à la dernière seconde de la contrarier. Elle connaissait trop le caractère bien trempé et souvent soupe au lait de la Berthe.

À peine Célestine, devenue aussi malheureuse que sa pierre de marelle, l'avait-elle quittée que Berthe sut déjà qu'elle s'arrangerait avec l'abbé Bourdin pour que ses prochaines leçons de catéchisme se passent un jeudi.

* * *

— Bonjour, Célestine. Approche-toi !

Elle parut hésitante. C'était la première fois qu'elle entrait dans la sacristie et l'accumulation d'objets liturgiques dans un si petit espace l'oppressa.

L'abbé Bourdin, encore dans son habit de messe, était assis sur une chaise et lui faisait face. Il semblait l'attendre impatiemment. Derrière lui se trouvait un imposant et long meuble en bois au-dessus duquel trônait en son centre un crucifix.

Elle fut intimidée.

— Viens donc ! répéta-t-il, cette fois avec un petit geste de la main.

Elle avait fait quelques pas. Mais il lui avait enjoint à nouveau d'avancer.

Elle était maintenant si proche de lui qu'elle pouvait sentir son haleine. Une odeur si désagréable qu'elle eut une grande envie de se pincer le nez.

Il leva alors une manche de son aube, regarda sa montre et sembla réfléchir un instant.

Puis, paraissant pressé par le temps, il lui sortit :

— Tu sais pourquoi tu es là, n'est-ce pas ?

— Oui, m'sieur le curé, dit-elle en baissant les yeux.

— Avant toute chose, vois-tu, ma petite Célestine, je pense qu'il serait bon pour toi de te faire ressentir tout l'amour que Dieu a pour ses brebis. Pour chacune de ses brebis.

Incrédule mais aussi inquiète, elle fit un léger mouvement affirmatif de la tête.

Il l'amena alors encore un peu plus à lui en la prenant par le bras.

Elle eut un petit air effrayé.

— N'aie pas peur, que des bienfaits de notre Seigneur ! lui dit-il avec une voix qui se voulait paternelle.

Et c'est sans attendre qu'il commença à soulever sa robe en glissant lentement ses doigts le long de ses cuisses. Célestine sentit son souffle se couper.

Arrivé non loin de son pubis, il s'arrêta et elle arriva enfin à respirer. Mais après un court instant durant lequel il ferma les yeux comme s'il allait rentrer en grande prière, il se mit à abaisser légèrement et fiévreusement sa petite culotte pour y introduire sa main devenue tremblante d'excitation.

— Je n'aime pas... bredouilla-t-elle, timide et apeurée.

— Mais le Seigneur ne te demande pas d'aimer, il te demande de l'accepter ! dit-il sur le même ton agacé que celui de Berthe dans la cuisine pour la langue de bœuf.

— Pourquoi, s'il nous aime ? osa-t-elle pourtant murmurer, malgré sa très grande frayeur.

— Les voies du Seigneur sont impénétrables, lui répondit-il, cette fois d'une façon solennelle et impérieuse.

Puis, tout à coup, sa main se retira. Célestine crut que ses paroles avaient eu de l'effet et que les choses allaient s'arrêter là. Mais l'abbé porta immédiatement les doigts à sa bouche, les mouilla en fermant à nouveau ses paupières et les remit tout aussi rapidement dans la culotte de Célestine.

Et là, ils la caressèrent encore et encore. Au début ils le firent doucement, puis le geste devint frénétique. De plus en plus frénétique. Célestine put même sentir le bout d'un de ses doigts semblant avoir des envies d'entrer dans son corps.

Elle sentit ses yeux s'embuer. Elle les leva alors vers le crucifix qui lui apparut aussi trouble que le visage de ses parents sur la photo. Et c'est avec autant d'ardeur que dans la cuisine qu'elle s'adressa à lui.

Les larmes s'emparèrent de son visage et elle répéta maintes fois sa prière. Mais, sur ce coup, le Jésus sur la croix ne lui vint pas en aide ; sa robe s'était même mise à se soulever si haut qu'elle dut lever les bras. Le curé lui retira ensuite le petit morceau de tissu qui traînait encore sur le haut de ses cuisses. Puis, après avoir opéré un petit recul afin de pouvoir contempler sa nudité, c'est comme fasciné qu'il tomba brusquement à ses genoux en s'accrochant à son petit corps, tel qu'il l'aurait fait en dévotion devant un saint. Pris de spasmes. Célestine pensa que, tout comme elle, il s'était mis à pleurer. Quand, subitement, un bruit de pas se fit entendre.

L'abbé la rhabilla alors plus vite qu'il ne l'avait dévêtue, défroissa rapidement sa chasuble, passa une main tout aussi preste dans ses cheveux et alla entrouvrir la porte.

— J'arrive dans une minute, Léonore ! Attendez-moi dans le confessionnal ! Je termine une leçon de catéchisme et je suis à vous ! avait-il dit bien fort avant de la refermer avec soin.

Il revint ensuite vers Célestine, avec ce visage qu'elle lui avait toujours connu, la prit cette fois énergiquement par les épaules et la regarda droit dans les yeux. Ceux de Célestine s'étaient abaissés à nouveau.

— Une dernière petite chose avant de nous quitter : sais-tu ce qu'est le secret du confessionnal ?

Elle hocha une fois de plus affirmativement la tête.

— Eh bien, vois-tu, le lieu où nous nous trouvons est tout aussi sacré ! Et ce n'est pas pour rien qu'il s'appelle « sacristie ». Tu ne diras donc rien à Berthe et Aristide. Ni aux autres d'ailleurs. Promis ?

— Promis, murmura-t-elle d'une voix étranglée.

— Bon, va ! Tu es une brave petite ! lui avait-il dit en lui essuyant le visage avec son étole.

Et il ne put s'empêcher de repasser une dernière main rapide sur sa robe, les yeux clos, là où était son bas-ventre, cet endroit que naïvement Célestine, pour une raison qu'elle ignorait, avait toujours cru tout aussi sacré.

* * *

— Alors, Célestine ? lui demanda Berthe en levant la tête de ses comptes.

Son couvert l'attendait sagement en face de sa tante sur la toile cirée.

— M'sieur le curé a-t-il bien commencé à te convaincre de la présence de Dieu ?

— Oui oui, tante Berthe ! J'y crois ! J'y crois ! dit-elle en y mettant toute la ferveur possible.

— Et aux miracles de Jésus ?

Les yeux de Célestine croisèrent alors par chance la carte postale reçue de Lourdes apposée sur le frigidaire.

— Aussi ! dit-elle avec tout autant d'ardeur et en essayant d'emprunter l'air de cette Bernadette Soubirous à qui, lui avait-on raconté, la Sainte Vierge était apparue.

— À la bonne heure ! On peut dire qu'il en fait aussi ce bon vieil abbé ! Je lui dois une belle chandelle !

Et c'est à ces quelques mots que Berthe prononça en se levant pour aller chercher le ragoût sur le feu que Célestine comprit qu'elle avait gagné et qu'elle ne devrait plus retourner à la sacristie :

— Bon ben, assieds-toi ! Voilà une bonne chose de faite !

Berthe l'avait ensuite servie, avait enfilé ses gants en caoutchouc et commencé à faire la vaisselle ; mais, intriguée par son silence, elle s'était retournée.

— Eh bien, on ne peut pas dire que tu sois bien causante, Célestine !

C'est à ce moment-là qu'elle remarqua sa grande pâleur.

— Ça ne va pas, Célestine ?! Tu es toute blanche ! lui demanda-t-elle en redéposant distraitement les couverts dans l'évier.

— C'est l'odeur de l'encens, tante Berthe… J'ai envie de vomir, bredouilla-t-elle, aussi paralysée devant cet agneau en morceaux qu'elle l'avait été devant le curé.

— Tu es quand même une p'tite nature ! dit-elle en venant lui reprendre, pour la première fois depuis sa tendre enfance, son assiette pleine de nourriture pour aller la remettre dans la casserole.

Certes, il est vrai que Berthe se sentait encore un peu coupable de lui avoir gâché sa journée d'anniversaire, mais surtout, il lui fallait bien l'admettre, la petite ne lui semblait vraiment pas bien !

— Allez, va, monte te reposer !

Arrivée dans sa chambre, Célestine fonça vers son lit, enleva rapidement ses chaussures, et s'y coucha sans se déshabiller.

Elle prit dans sa table de nuit la photo de Pompidou qui avait remplacé celle de ses parents quelque peu effacée avec le temps. Elle fixa le visage de ce Premier ministre qui représentait tant le grand-père qu'elle aurait aimé avoir, le colla ensuite contre son cœur et se mit en boule en enfonçant sa tête dans l'oreiller.

Mais pourquoi donc s'intéressait-on autant à l'intérieur de sa petite culotte ? Elle repensa à cette visite médicale où le docteur y avait mis aussi un instant la main avant de murmurer avec un doigt devant la bouche :

— Chut ! Ça, c'est un secret professionnel !

Le monde était-il donc si plein de secrets ? se demanda-t-elle avant de s'endormir avec un dégoût et une honte profonde au ventre.

* * *

Cour d'assises des mineurs – Septembre 1973

— Tuer quelqu'un avec un crucifix, vous n'allez quand même pas m'dire, m'sieur le juge, qu'elle n'est pas l'incarnation du diable !

— Gardez vos considérations toutes personnelles pour vous, je vous prie ! Ce qui nous intéresse ici, ce sont les faits ! Uniquement les faits ! Et revenons à nos moutons ! avait terminé par dire le président, sans doute afin de se faire mieux comprendre.

— Ben… Avec ses airs de coquette, n'faut pas s'étonner qu'il lui soit « peut-être » arrivé quelques misères avec ces garçons !

— Les faits ! lui répéta le juge, cette fois hors de lui, en tapant énergiquement son poing sur la table.

Adolphe se moucha bruyamment et remit son carré de tissu dans sa poche.

— Scusez-moi, m'sieur le juge… Ben, voyez-vous… Elle n'avait même pas encore sept ans que les garçons, ça défilait déjà chez elle ! Et pas encore onze qu'elle en déshabillait un dans ma rue ! J'vous l'dis, moi ! Elle a vraiment c'la dans le sang, cette petite !

Le président tourna la tête vers un de ses assesseurs et se la gratta d'un air exaspéré. La bêtise humaine pouvait parfois être sans nom et sans fond, pensa-t-il pour la énième fois. L'envie de se reconvertir le titilla de nouveau.

Maître Baldaquin s'était levé pour répliquer. Le président lui ordonna dans un geste de lassitude de se rasseoir. « Il semble vraiment épuisé », pensa alors un des jurés, infirmier de son état.

Puis, sans attendre, il fit sonner nerveusement sa cloche.

— La séance est levée ! Elle reprendra à quinze heures.

* * *

Depuis le jour où Célestine avait sorti au pied levé le mot « speakerine » à sa tante, elle avait très rapidement, comme vous aurez pu le constater par sa subite ascension en français, pris celui-ci au pied de la lettre. « Plus tard, je remplacerai Denise Fabre », s'était-elle dit, bien décidée à y arriver. Et ce rêve était donc devenu tout aussi grand que celui d'avoir trente ans.

Ayant trouvé du plaisir dans cette réussite toute personnelle, elle s'était dès lors empêchée, à l'endroit même de son pupitre, ses flâneries dans le champ de coquelicots, qui du reste lui semblait étrangement de plus en plus lointain.

C'est donc ainsi qu'elle était devenue une élève à la moyenne fort honorable et qu'elle n'eut plus besoin, ou très rarement, des gracieux services de ses petits congénères... Et que ce fut, dès lors, au tour de certains d'entre eux d'être pris en flagrant délit de vagabondage lorsqu'ils songeaient avec nostalgie aux cours de français chez Célestine. Ceux-ci avaient en effet été interdits depuis bien longtemps par leurs parents qui n'avaient pu observer aucun progrès chez leurs rejetons. Décision dont ils s'étaient félicités bien vite en constatant leur remontée dans cette branche d'importance nationale.

Mais Célestine ne savait pas encore que son passage dans la sacristie ainsi que la pensée de son essai avorté de passer à travers les tristes murs tapissés de sa chambre n'allaient qu'amplifier sa motivation et qu'elle verrait dans cette assiduité le moyen de quitter le village et son affreuse église, ainsi que le chemin le plus court pour monter à Paris.

Berthe, très fière des résultats et du côté responsable de la petite, s'opposa donc de moins en moins aux injonctions de la seconde maîtresse de maison qu'était la télévision.

Célestine y suivit avec passion l'histoire de Sébastien qui, comme elle, avait perdu sa mère à la naissance et qui, tout comme elle, avait vu le jour en pleine nature. « Aucun garçon dans le village n'a le dixième du quart de sa beauté », pensait-elle bien souvent. Elle l'adorait et s'en était fait un frère.

Et sa photo avait donc été rejoindre celle du Premier ministre dans son meuble de chevet.

* * *

— Allez ! Dépêche-toi ! Descends vite ! Le Seigneur n'attend pas !

Célestine fit un dernier signe de croix devant le cliché de Pompidou, le rangea rapidement dans le tiroir de sa table de nuit et, la boule au ventre, se mit à descendre les marches de la maison en s'agrippant nerveusement d'une main à la rampe, et en tenant de l'autre son bouquet.

Qu'elle était donc belle avec sa longue robe blanche et son voile ! « On dirait un ange descendu du ciel ! » pensa Berthe en se félicitant de lui avoir donné un prénom aussi approprié.

— Approche donc ! lui sortit-elle après l'avoir admirée de ses chaussures à son diadème fleuri.

Berthe la fit alors délicatement tournicoter pour inspecter une dernière fois sa création cousue main et lui remit en place une petite mèche rebelle qui lui tombait sur le visage.

De son côté, Célestine n'avait jamais vu Berthe et Aristide accoutrés de cette manière. Ils étaient tous les deux tirés à quatre épingles et sa tante avait une coiffure en forme de choucroute qu'elle ne lui connaissait pas.

Après ces rapides vérifications, Berthe signala le grand départ en enfilant son sac à main. Elle ferma exceptionnellement la porte à double tour. Et ils se mirent en route.

La journée était ensoleillée et apparut à Célestine comme un flash, bien trop contrastée avec son humeur.

Berthe était en train de lui rappeler très rapidement les responsabilités de cet engagement sacré, ce que représentait cette entrée dans la vie d'adulte, quand ils croisèrent Edith et ses parents.

Après de brèves accolades, ils s'admirèrent et se congratulèrent puis poursuivirent ensemble leur chemin vers l'église où les cloches sonnaient à tue-tête pour fêter l'événement.

Monsieur le curé les attendait devant l'entrée, oscillant entre les mains jointes et de grands gestes de bras ouverts. Une bonne partie des habitants du village était déjà là, discutant et comparant leurs enfants.

Célestine, devenue presque aussi blanche que sa robe, sentit la boule se serrer plus fort encore dans son ventre et eut du mal à avancer.

— Dis donc, Célestine ! Ne me refais pas le coup de l'encens ! On n'est même pas encore dans l'église ! Il n'y a que les bêtes pour avoir un tel odorat ! Allez, allez ! Arrête donc de te monter ainsi le bourrichon ! lui sortit alors Berthe en lui tapotant les joues afin de leur redonner quelque couleur.

« Après avoir étendu les mains sur les confirmands, le prêtre dira… » Cette phrase énoncée à la préparation de cette célébration liturgique tournait en boucle dans la tête de Célestine. Elle en avait la nausée. Imaginer les mains du curé la touchant à nouveau lui était tout simplement insupportable.

Mais, contrainte et forcée, elle se mit à suivre tant bien que mal le troupeau pour s'avancer dans la nef.

« Je n'ai même pas senti ses mains ! » se dira-t-elle une fois sortie de l'église, presque euphorique, toute surprise encore de son incroyable numéro d'équilibriste.

Comme dans ses rêves nocturnes où elle parvenait, en battant ses bras dans l'air tel un oiseau avec ses ailes, à quitter le sol et survoler la pièce où elle se trouvait, elle était arrivée à le faire en cette église. Elle s'y était parfois retrouvée sur un nuage où elle flânait dans un champ de coquelicots avec Pompidou, Sébastien et sa chienne Belle, et d'autres fois, elle en était redescendue pour suivre ses petits camarades et répéter sagement leurs paroles.

Comme elle le faisait aussi merveilleusement bien à la marelle, elle était donc arrivée à se balader avec une grande habileté entre ciel et terre.

Le soleil lui sembla sur le coup bien assorti avec son état et, contrairement à la journée de ses neuf ans, celle-ci, bien mal commencée, semblait vouloir se poursuivre sous de meilleurs auspices.

La petite assemblée avait en effet pris rapidement la direction du bistrot pour cet autre moment sacro-saint qu'était « La Séquence du spectateur » où, plus que jamais, Lucien ne put que se féliciter de l'ingénieuse idée qu'il avait eue d'investir ses économies dans ce petit écran. Et ce n'est pas son épouse, Angèle, d'abord réticente à la perspective de cette dépense outrancière, qui entacha, au vu des nombreuses bouteilles sorties de la réserve et des sandwichs engloutis, sa grisante exultation.

Tout était donc au mieux dans le meilleur des mondes en cette belle journée de mai. Les enfants jouaient sur la place pendant que les parents s'enivraient. Quand, subitement, un énorme et long « beurk » se fit entendre et qui sembla aux enfants venir de la terrasse du bistrot. Et, comme tout un chacun, Célestine s'était retournée.

Marcel, le boucher du village, penché en avant, y avait craché son vin.

— Mais dis donc, Lucien... Ce pinard en est un pour faire danser les chèvres ! cria-t-il aussi fort que son interjection.

Toutes les âmes sur cette place purent alors remarquer que la robe de confirmand de Willy s'était maculée du même coup de rouge et que la bouche du petit garçon en était devenue carrée.

— Ben... Te v'là béni du sang du Christ, lui avait sorti son père, déjà bien éméché, en lui frottant vigoureusement la tête.

La petite assistance s'était mise à s'esclaffer et les yeux du rondouillard Willy à s'embuer. Célestine eut vraiment mal au cœur pour lui.

Bon, sa tante disait parfois qu'il avait un air de vache qui regarde passer les trains. Mais Célestine l'aimait bien. Certes, il est quand même à souligner ici qu'elle n'avait pas encore très bien assimilé ce que « pitié » voulait dire. « Il attend peut-être désespérément le retour de sa mère », se disait-elle bien souvent, ayant appris qu'elle était un jour partie acheter des allumettes et qu'on ne l'avait plus jamais revue. « Et c'est peut-être aussi pourquoi il cherche une consolation dans la nourriture », se disait-elle d'autres jours.

La terrasse ne désemplissait pas de rires et le pauvre Willy s'était enfui à toutes jambes.

Le cœur de Célestine déborda cette fois de chagrin. Elle crut enfin comprendre la signification du petit mot et décida de courir derrière lui dans la ruelle.

Willy s'était installé sur un muret. Il y pleurnichait à chaudes larmes et regardait ses chaussures, sans doute afin de détourner son regard du triste spectacle.

Célestine s'était approchée et s'était mise face à lui.

— Mais arrête donc de pleurer ! Ce n'est pas bien grave ! Tout s'effacera avec un peu d'eau de Javel, lui sortit-elle avec son éternelle douceur.

À sa voix, il leva les yeux, la regarda, ébahi, tel qu'il aurait pu l'être devant une apparition trouble de la Sainte Vierge, et ses larmes de Madeleine s'arrêtèrent, comme par miracle, de couler.

— Je me sens ridicule, bredouilla-t-il en reniflant ses derniers sanglots.

— Tu as des vêtements convenables en dessous ? lui demanda-t-elle.

— Oui, murmura-t-il timidement.

Et c'est sans attendre qu'elle s'avança encore un peu plus vers lui et que, sans un mot, elle lui retira sa robe souillée, comme une mère que tous deux n'avaient plus.

Adolphe, qui avait entendu des voix, s'était dirigé vers sa fenêtre, en avait écarté le voile et, après avoir aperçu Célestine de dos déshabillant le petit sinistré, avait levé ses yeux au plafond.

Adolphe faisait partie de ces êtres acariâtres et solitaires mais avait été pourtant dans des temps reculés un bien brave garçon. « C'est vraiment la guerre qui l'a changé ! » disait souvent sa sœur Blanche pour justifier sa triste métamorphose.

Celle-ci avait effectivement commencé le 3 septembre 1939. C'est ce jour-là qu'Adolphe connut son premier grand mouvement de colère et qu'il s'en était pris violemment à ses géniteurs en leur reprochant de l'avoir affublé d'un tel prénom. Ce qui peut certes ici quelque peu se comprendre, surtout quand on s'appelle Lallemand.

Sa rancœur envers eux fut tenace. Il les tint définitivement responsables de tous ses maux et de ces sourires en coin dont il était abreuvé. Blanche lui avait quelquefois rétorqué, pour la défense de leurs braves parents, qu'ils ignoraient alors qu'un garçonnet dans un petit coin de Bavière allait opérer ce que l'on sait, mais cela ne sembla pourtant jamais le calmer. Et il était devenu ce hargneux personnage qui en voulait au village entier de sa grande malchance et qui, comme son homonyme, s'était mis de plus en plus à s'enfermer dans son bunker après avoir répandu et aboyé d'infects propos.

Il n'allait plus à l'église depuis fort longtemps et se tenait à l'écart de toute réjouissance ecclésiastique. Certains le disaient christianophobe. D'autres, l'énorme majorité, le traitaient de bouffeur de curés. Mais, pour sa défense, c'était le stratagème qu'il avait trouvé pour renier farouchement son nom de baptême et son sacrement pour une vie nouvelle et éternelle. Chacun fait comme il peut.

C'est donc ainsi qu'en ce beau jour de printemps festif, celui qui avait fini par être surnommé a posteriori « le Führer » s'était retrouvé en bonne place pour inspecter les faits et gestes de la petite Célestine.

« Eh ben… Ça promet ! » s'était-il dit en retournant vers sa bouilloire qui s'était mise à le siffler.

* * *

Télérama annonça pour le 4 février le grand retour de *Sébastien* mais, cette fois, « parmi les hommes », et Célestine s'en fit bien sûr une fête. Elle ne savait pas encore que cette année 1968 la ferait grandir plus vite qu'elle ne l'avait fait jusque-là ; elle y réalisera que le monde n'était pas seulement fait d'horribles secrets confessionnels ou médicaux, de quelques cruautés enfantines ou de dominations de grandes personnes, mais aussi d'atrocités, de violences et de contestations.

C'est en effet du quartier général de la maison que la petite, comme Berthe et Aristide aimaient encore l'appeler, découvrit la guerre au Viêtnam, les manifestations à son encontre, l'assassinat d'un pasteur noir américain, celui, à peine deux mois plus tard, du frère du président Kennedy déjà assassiné, les corps décharnés des enfants au Biafra, les chars rentrant dans la ville de Prague pour y écraser son Printemps, les centaines d'étudiants mexicains tués sur une place par les forces de l'ordre... et, bien sûr, les étudiants de son pays qui, à Paris, de derrière leurs barricades, s'opposaient aux CRS.

Elle y apprit que les usines et lycées français avaient cessé leurs activités, que ces jeunes manifestants avaient entraîné les ouvriers dans leur révolte, que d'autres catégories de population s'étaient mises à les suivre, que certains hissaient des drapeaux rouges, que la contestation grondait, que même sans les trains celle-ci arrivait dans les campagnes, et que, stupéfaction, même le lait et le vin avaient commencé à faire grève.

Elle vit aussi sur l'ORTF, qui s'était également mise dans le bain le 13 mai en assurant le service minimum, des commerçants baisser leur rideau de fer et de Gaulle avec un air si dramatique qu'elle se demanda parfois s'il n'allait pas faire l'annonce d'une troisième guerre mondiale.

Mais, surtout, au cours de cet épisode qui lui était apparu tour à tour violent, festif, ludique, effrayant et excitant, elle avait pu apercevoir sur le petit écran ces mots écrits en grand sur des pancartes ou des murs : « Il est interdit d'interdire », « La vie est ailleurs » et « Soyez réalistes, demandez l'impossible ».

Mai 68 ne changea pas alors que le visage de la France, il transforma aussi quelque peu la petite Célestine.

Trois garçons du village qu'on disait « communistes », mot dont elle ne comprenait pas le sens, étaient partis en 4 L à Paris pour participer de plus près aux événements. Elle les envia et son rêve de monter à la capitale ne fit que grandir.

Sans doute que Berthe aurait dû, cette année-là, émettre quelques veto quant à ses largesses télévisuelles en considérant la petite boîte sous un autre angle, ou en tout cas d'un peu plus près, en y apposant quelques carrés blancs. Mais elle ne le fit pas.

Et c'est bien elle qui, sur ce coup, ne savait pas encore que sa désinvolture et ce laisser-aller lui donneraient plus tard du fil à retordre.

* * *

L'année 1969 fut fort différente. Célestine arriva même à se dire que la vie pouvait être haute en couleur et que la définition de ce petit mot lui semblait être à géométrie bien variable. Elle sera cette fois remplie de douces exaltations. Du moins pendant les onze premiers mois de l'année.

Mais c'est surtout à l'aube de l'été qu'elle vécut, sans conteste, son premier grand et beau moment. C'était le dimanche 15 juin. Jour où toutes les grandes personnes avaient été convoquées à l'école communale pour aider par leur bulletin dans l'urne à confirmer son grand-père de cœur comme président de la République. La joie et la fierté de Célestine furent immenses. « Pour sûr, le pays allait tourner rond avec lui ! » s'était-elle dit, après s'être félicitée du flair qu'elle avait eu de croire si jeune en lui.

Quant aux habitants de la bourgade, ils furent si heureux d'avoir porté ce fils d'instituteur et petit-fils d'agriculteur à la tête de l'État que les plus anciens avaient affirmé au lendemain de cette élection ne plus avoir connu une telle liesse depuis la Libération.

Et Célestine le regarda bien souvent quitter l'Élysée, adorant ces moments où, après qu'il fut monté dans sa DS hydropneumatique, il lui semblait que, tout comme le rocking-chair de sa tante, une partie de celle-ci allait se soulever du sol. Parfois, elle l'imagina même s'envoler dans les airs. À chacun et à chaque époque ses héros.

Quinze jours seulement après cette effervescence toute pompidolienne, une deuxième agitation se mit à monter au village.

La très vieille Albertine avait trépassé quatre mois plus tôt et Raymond, campagnard de naissance mais citadin dans l'âme, parisien depuis un demi-siècle, n'avait pas attendu la fin de la période de deuil pour mettre en vente la ferme en carré de sa mère.

La campagne lui avait toujours, aussi loin qu'il pouvait se le remémorer, donné le bourdon. L'odeur du purin que les mouches semblaient apprécier, les champs à l'horizon bien dessiné qui ne l'avait pourtant pas empêché de voir la morne plaine, le brusque et trop matinal réveil du coq, le triste clocher, le coucou chéri et bien huilé de ses parents, les affreux pis de vache qu'il était forcé de toucher, l'effrayant grognement des cochons et les oies lui courant derrière en cacardant hystériquement comme des poules en chaleur… Autant de souvenirs d'enfance qu'il préférait oublier ! Et pour une fois que cet air nauséeux pouvait lui être profitable, « je ne vais quand même pas m'en priver », s'était-il dit sans une once de culpabilité avant d'enfoncer avec un plaisir en rien dissimulé son panneau « À vendre » dans cette terre qui lui avait toujours parue maudite.

Et c'est en ce tout début juillet que la grande nouvelle se répandit : sa ferme avait enfin trouvé un acquéreur. La rumeur courut ensuite bien vite (comme elle en a certes l'habitude) qu'elle avait été achetée par des Parisiens désirant en faire leur résidence secondaire.

Certains s'en réjouirent. Beaucoup s'en effrayèrent. « Que venaient donc faire ces gens de la ville dans leur campagne ? » se demandait-on au bistrot et dans les foyers.

Pourtant, cette préoccupation fut laissée un temps de côté. Un événement d'aussi grande importance arrivait à plus grands pas : celui du premier pas d'un homme sur notre bien chère Lune.

Tandis que l'excitation ne faisait que croître au village, celle de Lucien (qui s'était précocement approvisionné en bouteilles pour cette nuit du 20 au 21 juillet qui lui promettait des bénéfices jamais dépassés) en était déjà presque à son paroxysme.

Célestine fit tant des pieds et des mains auprès de sa tante afin d'assister à cet exploit au Café de la Poste que la Berthe avait fini par obtempérer.

Il était neuf heures du soir quand tous les villageois s'y retrouvèrent. Un grand nombre d'entre eux avaient apporté leur chaise, faisant suite aux recommandations de Lucien et de sa tout aussi prévoyante épouse, Angèle.

On se dépêcha de les placer comme à l'église, tandis que quelques mères allèrent déposer leurs couffins à l'étage.

Et c'est le nez en l'air qu'ils se mirent à attendre. Mais l'heure annoncée fut perpétuellement reportée et certains se mirent à boire plus que de raison, d'autres à s'assoupir.

Il était plus de trois heures du matin quand les dormeurs furent brusquement réveillés et que le bistrot s'emplit immédiatement d'un silence religieux. Même monsieur le curé ne parut pas en vouloir à ses paroissiens de ce zèle inaccoutumé, apparemment tout aussi fasciné par cet événement se déroulant dans les cieux. Pour preuve, exceptionnellement, il ne jeta aucun regard en coin vers Célestine.

Le présentateur fit remarquer un cadre inversé, mais la frayeur fut de bien courte durée. L'image redressée par Armstrong était certes trouble et sombre, mais ils purent apercevoir son pied puis sa silhouette se dessiner pour descendre l'échelle avec une extrême lenteur afin d'atteindre son ultime objectif.

Tandis que les grands fêtaient ce haut fait au bistrot et que certains flirtaient dans quelque recoin au clair de cette lune, les plus jeunes à l'extérieur espéraient y voir une tache ou une pointe de couleur du drapeau qui venait d'y être planté. Quelques-uns regardèrent avec des jumelles. Mais malgré son fort éclairage et un ciel sans nuages qui dévoilait pourtant de nombreuses étoiles semblant tout autant vouloir célébrer cette grande prouesse, ils n'y virent pas le moindre petit signe du bout de tissu constellé dont beaucoup s'étonneront plus tard qu'il ait pu se dresser au vent sur cet astre qui en était dépourvu.

La nuit avait été belle, comme hors du temps. De mémoire d'homme au village, le jour national fêté une semaine plus tôt ne leur avait jamais paru aussi pâlot au regard de ce moment.

Mais la pragmatique Berthe eut une tout autre considération dont elle fit part à Aristide et Célestine dans la cuisine autour de la toile cirée.

— Mais comment peut-on parcourir 380 000 kilomètres et n'y passer que si peu de temps !? leur avait-elle dit, toujours avec ce tic qu'elle avait de balayer l'air de la main.

Célestine avait trouvé sa tante bien rabat-joie.

Dix petits jours seulement après cette exaltante nuit, Célestine était en train d'arroser une plante sur l'appui de fenêtre de la cuisine quand, saisie, elle crut à une apparition. Une DS roulait sur le chemin en direction de la maison.

Son cœur se mit à battre la chamade.

« IL vient enfin me chercher ! » pensa-t-elle un court instant.

Mais la voiture avait continué sa route et Célestine avait pu entrapercevoir dans un nuage de poussière toute une petite famille.

Une fois de plus, elle ne savait pas encore que sa déception d'un moment se verrait vite transformée en sentiments bien doux et agréables qui lui étaient encore totalement inconnus jusque-là et que dans ce véhicule aux allures présidentielles se trouvait un jeune garçon qui serait bientôt prêt à tout pour aller lui décrocher la lune.

* * *

— À table ! cria Berthe par la fenêtre.

Aristide lâcha à regret son filet à papillons en tâchant d'oublier la ravissante petite proie qu'il avait été sur le point d'attraper au vol tandis que Célestine, à quelques mètres de là, ramassa en vitesse une chenille qui se déplaçait pourtant incognito sur une branche et la mit dans la poche de sa robe. « J'irai la déposer dans les champs après le déjeuner », se dit-elle en se dirigeant vers la cuisine.

Il lui semblait ainsi sauver ces embryons de la potentielle mort subite, ou du moins prématurée, dans le formol d'Aristide. Elle n'avait jamais aimé la crucifixion de ces petites bêtes à la vie dans les airs déjà si courte sur la frigolite de son oncle.

Ils étaient en train de déjeuner quand ils entendirent le bruit du roulement d'un camion.

— Aah, ces Parisiens !!! s'écria, une fois de plus, Berthe, furieuse et exaspérée.

Depuis le début des travaux dans la ferme d'Albertine, Berthe pestait quotidiennement contre ces « capitalistes », comme elle les surnommait parfois (en référence non pas à l'argent mais à leur origine citadine), qui venaient déranger sa tranquillité et sa maniaquerie.

Ces poids lourds passaient en effet tous les jours devant leur petite maison, perturbant le silence ou le programme télévisé, et Berthe n'arrêtait pas de laver les vitres de la façade afin de retirer la poussière qu'ils y avaient déposée.

Il leur paraissait à tous trois que ces futurs occupants cherchaient à se débarrasser de tous les souvenirs de la défunte Albertine, en retirant même les murs intérieurs qui avaient vu grandir son gamin.

La nouvelle maîtresse de ces lieux avait déjà été aperçue au village et en avait intrigué plus d'un.

« Je n'aurais pas donné cher de sa tête pendant la Révolution », avait sorti Mme Morel à Arlette, la coiffeuse. Pour ne pas se mouiller et sauvegarder la sienne, cette dernière s'était abstenue de faire le moindre commentaire, pressentant chez cette Parisienne une cliente au potentiel très lucratif. Célestine sortait alors de chez Vachalait et ne rapporta pas ces violents propos à sa tante, connaissant trop son amour pour les têtes couronnées. Elle râlait déjà suffisamment, se dit-elle, contre cette période d'insurrection.

Mais il est vrai que la vision de cette femme, Dora de son prénom, devait paraître bien étrange à quiconque n'était jamais monté à la capitale (ce qui était le cas de la quasi-totalité des habitants du village)... Déjà que, pour un Parisien, elle n'était pas banale !

Dora avait des jambes dont nul n'aurait pu nier qu'elles étaient parfaites, mais ne daignait pourtant que très rarement les montrer, se parant bien souvent de longues robes amples bohèmes qui lui donnaient des petits airs de princesse orientale. Elle se déplaçait avec une grâce et une nonchalance d'un autre temps. Sa peau d'ivoire légèrement dorée et ses cheveux blond cendré relevés en un chignon savamment désordonné ne faisaient qu'accroître cette impression.

Sa voix à la fois douce et très légèrement rauque était d'une gentillesse et d'une froideur subtilement dosées. Elle semblait bien souvent observer la vie d'un nuage, effet que ses yeux gris-bleu voilés par la brume qu'elle dégageait de son long fume-cigarette assorti à son grain de peau ne faisaient qu'augmenter. À la fois ici et ailleurs, elle était d'une beauté mystique et insaisissable. Son mari, Hippolyte, encore sous l'effet anesthésiant du coup de foudre d'un beau soir d'été, avait pour habitude de la regarder comme s'il venait de la rencontrer. Cela faisait pourtant dix-sept ans qu'ils étaient mariés. « Le temps ne semble pas avoir d'emprise sur elle », disaient fréquemment leurs amis, non certes sans une pointe de jalousie de part et d'autre des deux sexes.

Le vouvoiement entre Dora et Hippolyte était en vigueur depuis leur rencontre et ils n'avaient jamais dérogé à cette règle, même dans leurs moments les plus intimes. Il leur semblait ainsi éloigner les retombées sédatives que peuvent avoir les liens sacrés du mariage.

Dora n'aimait pas particulièrement la campagne, mais c'était le moyen et le prétexte qu'elle avait trouvés pour fuir la cohue citadine et les mondanités excessives. Elle pourrait ainsi s'enfermer tranquillement dans son atelier et y peindre les grandes toiles abstraites qui la faisaient voyager plus que toute autre pérégrination.

Ses parents lui avaient appris les bonnes manières depuis son plus jeune âge et elle n'en ignorait aucune, mais son esprit critique et non conforme lui avait fait opérer quelques sélections. Elle n'en avait gardé que les indispensables. Elle avait réalisé très tôt la grande loterie que représentait le hasard de la naissance et n'était donc pas habitée, contrairement à son cher mari, par la moindre once de snobisme.

Elle avait donné trois enfants à Hippolyte : Eglantine, Adrien et Capucine. Elle aimait chacun à sa façon, mais n'avait jamais caché sa préférence pour l'héritier du nom, non pour le statut que lui conférait cette place, mais par cet amour débordant qui l'avait prise au premier regard, à la sortie de son ventre.

Il y a des choses qui ne s'expliquent pas.

* * *

Célestine, depuis l'annonce de l'arrivée de Parisiens dans son village, faisait bien sûr partie de ceux qui s'en réjouissaient. Elle était même tout excitée et fort curieuse de savoir à quoi ils pouvaient ressembler.

Et puis un de ses grands rêves commençait à prendre forme grâce à eux. Elle repensait souvent à cette phrase du film *Le Bossu* avec Jean Marais : « Si tu ne viens pas à Lagardère, Lagardère ira à toi » et avait l'impression qu'un petit bout de la capitale, ce qui était certes le cas, venait à elle.

Il lui fallut pourtant attendre la mi-octobre pour les apercevoir pour la première fois. Enfin, du moins c'est ce qu'elle pensait alors.

C'était un dimanche et le temps était celui d'un été indien. Monsieur le curé, après avoir attendu ses paroissiens devant l'autel, le faisait cette fois comme il en avait coutume devant l'église, tel un politicien en campagne électorale afin de serrer les mains. Et, comme à son habitude aussi, Célestine n'y alla point. Ce petit cérémonial d'exercice manuel la révulsait. Il y avait d'ailleurs bien longtemps qu'elle fuyait ce curé qui avait tenté de convaincre la Berthe que quelques leçons de catéchisme supplémentaires ne lui feraient pas de mal.

Mais depuis son malheureux passage dans la sacristie, les événements de Mai 68 étaient passés par là et il arrivait depuis lors à Célestine d'entrer en résistance. En tout cas pour les grandes causes. La réponse à sa tante fut donc simplement : « Non ! Non ! Je n'irai pas ! Je n'ai pas besoin de lui pour croire ! » Décontenancée par la nouvelle détermination de la petite, elle n'insista pas. Et puis l'assiduité qu'elle mettait dans ses prières ne laissait aucun doute quant à sa foi. « Il n'y a aucune raison de l'embêter avec cela », s'était dit la pragmatique Berthe. C'est donc en maîtresse femme qu'elle était, et malgré le respect que lui inspirait sa fonction, qu'elle tint tête à l'abbé Bourdin en mettant un terme à ses insistances. Celui-ci leva, lors de ce qui fut leur ultime entretien à ce sujet, une main vers les cieux semblant dire : « Bon ben, ne venez pas ensuite vous plaindre si la petite tourne mal ! »

L'horrible souvenir de son passage dans la sacristie lui devenait pourtant de plus en plus trouble et elle croyait même de plus en plus souvent à un mauvais rêve, mais, par prudence, elle mettait malgré tout chaque dimanche en cette église son masque aux allures mystiques. Il n'était pas question pour elle de prendre le moindre risque.

Et c'est donc de sous ce porche d'église, Edith à son bras, qu'elle vit ces Parisiens tant de fois fantasmés et qu'elle comprit sur l'instant que la DS qu'elle avait vue passer deux mois plus tôt dans un halo de poussière était la leur. Les parents discutaient avec le maire sur la place devant leur voiture, tandis que leurs enfants les attendaient sagement à l'arrière.

Dora lui apparut en ce jour dominical et ensoleillé non comme la Sainte Vierge, mais comme une fée exotique sortant d'un conte des *Mille et Une Nuits*. Elle fut fascinée. La Ville Lumière lui sembla alors briller de bien plus de feux que son imagination l'avait portée à le faire. Il ne lui avait jamais été permis de rencontrer un être aussi beau et mystérieux.

Les deux amies s'approchèrent discrètement en prenant soin d'y mettre tout le naturel dont elles étaient capables quand, arrivées à quelques mètres de la voiture, Célestine vit les cinq Parisiens la regarder avec insistance. Elle en fut troublée. Elle ne pouvait évidemment pas savoir qu'eux aussi, dans leur mégapole, n'avaient encore jamais pu admirer une fille aussi magnifique… Et non pas par un quelconque effet de contraste ou de trompe-l'œil avec Edith, car il est à faire remarquer ici, soit dit en passant, que son surnom de « Dumbo » faisait bel et bien partie de l'histoire ancienne et que la mort d'Edith Piaf n'en était pas la seule raison. Ses dents s'étaient en effet mises à pousser d'une façon parfaite et ses parents, sans doute encouragés par ce surprenant constat, lui avaient offert pour ses douze printemps un recollage d'oreilles et une paire de lentilles pour ses treize. L'horrible fille qu'ils avaient mise au monde devenait donc, à l'âge où les autres se mettent bien souvent à devenir ingrates, de plus en plus jolie. Il faut parfois peu de choses pour changer une vie… Son petit frère Marcel (qui n'a rien à voir avec le premier cité dans cette histoire), jusque-là la grande fierté de ses parents, en fut mis un temps un peu de côté. « À chacun son moment de gloire », lui avait sorti Edith afin de le consoler.

Adrien, assis dans la DS entre ses deux sœurs, était à l'aube de ses quinze ans, mais, malgré son jeune âge, il sut dès cet instant quelle était la femme qu'il épouserait.

* * *

Mère et fils rentraient de leur shopping chez eux, avenue Foch, parmi les feuilles qui s'étaient déjà mises à tomber.

— Nos marronniers, nos jardins et notre bois de Boulogne ne te suffisent-ils donc pas ? s'étonnait Dora avec humour face à l'insistance de son fils chéri de l'accompagner pour la supervision des travaux de leur maison de campagne.

Adrien, afin de se donner une contenance, se passa une main dans les cheveux.

— J'ai besoin d'y trouver mes marques…

Dora sembla pourtant rester sceptique mais, malgré tout l'amour qu'elle avait pour son fils, ne chercha pas à approfondir et retourna vite sur son nuage. S'il voulait l'accompagner, il en était bien ainsi. Ce n'était certainement pas elle qui allait s'en plaindre !

Et c'est le jeudi qui suivit, au lendemain de l'anniversaire d'Adrien, qu'au petit matin tous deux se mirent en route dans la Triumph rouge flambant neuve, petit bijou que Dora s'était octroyé depuis que ses trois enfants étaient en âge de se déplacer sans elle.

Le temps était doux, mais ne permettait pas d'avoir le plaisir de la décapoter. Ils firent donc la route enfermés dans le petit habitacle. Dora mit de la musique classique et demanda à Adrien si cela ne le dérangeait pas. Il ne fit aucune objection. Étrangement, il en était même devenu subitement, à sa grande surprise, très friand depuis cette sortie d'église, ce qu'il ne dit point, bien évidemment, à sa mère.

Il était d'humeur taiseuse et, une fois encore, Dora en fut quelque peu étonnée mais ne s'en plaignit à nouveau nullement. Elle aimait l'économie de mots presque autant qu'elle aimait son fiston.

Comment savoir où elle habitait était la grande question du jour d'Adrien, malgré la petitesse du patelin. Arrivés au bout de leur route, il n'avait cependant pas trouvé la moindre stratégie et avait donc rapidement décidé de faire une fois de plus confiance à sa bonne étoile.

La Triumph entra enfin dans le village. À sa vue, les habitants stoppèrent sur-le-champ leurs activités et il n'y eut plus que leurs visages pour opérer encore un mouvement afin de suivre celui de la voiture. Leurs gestes suspendus étaient apparus comme une aubaine à Adrien. Tel un arrêt sur image, cela lui avait en effet permis de tout inspecter plus calmement. Dora, comme à son habitude, sembla ne rien relever.

Il ne la vit nulle part. Fatalement déçu, il décida pourtant de ne pas désespérer.

Ils venaient à peine de quitter le village et de s'embarquer sur le chemin tout au bout duquel se trouvait leur maison quand, à une quinzaine de mètres de ce carrefour, la chance lui sourit à nouveau. Il l'aperçut devant la première habitation. « Sans aucun doute possible, c'est elle ! » se dit-il, le cœur battant.

Célestine, en pleine opération « sauvetage de chenilles », leva la tête au bruit de la voiture et vit le petit véhicule aux allures spatiales roulant vers elle.

Il était maintenant à sa hauteur. Elle eut à cet instant la forte impression que ses joues devenaient aussi rouges que la carrosserie. Le jeune Parisien l'avait regardée, lui sembla-t-il, avec presque plus d'insistance qu'à la sortie de l'église. Mais il faut quand même ici rappeler qu'elle avait ce jour-là cinq paires d'yeux fixés sur elle et qu'elle n'avait pu donc s'attarder sur chacun d'eux, ce qu'elle n'aurait d'ailleurs jamais osé.

Il sembla à Adrien qu'elle était encore plus magnifique que la première fois.

Sa mère ne parut pas la remarquer. Elle ne fit en tout cas aucun commentaire.

Ils arrivèrent enfin et purent très vite constater que les travaux avançaient à grands bras. Dora, après avoir remercié vivement, enfin autant que sa nature le lui permettait, l'entrepreneur pour le travail effectué, s'était mise à discuter avec lui de la suite à donner au chantier.

Adrien lui fit un petit signe de la main pour lui faire comprendre qu'il partait en promenade.

Leur rapport était à ce point une évidence qu'un sourire, un regard, une mimique ou un simple petit geste suffisaient bien souvent à se faire comprendre de l'autre. Elle lui renvoya donc un petit sourire en hochant très légèrement la tête et il s'était mis en chemin.

Il devait marcher depuis dix petites minutes quand, arrivé aux abords de la maison, il vit une femme en sortir. Il se cacha illico presto derrière le premier arbre qui se présentait à lui et se mit à espionner.

Berthe, qui avait lancé un seau de liquide savonneux sur la pierre trônant devant sa porte, s'était mise à la frotter énergiquement avec son balai. « Elle ressemble comme deux gouttes d'eau à Mme Dubreuil ! » se dit Adrien, complètement stupéfait.

Mme Dubreuil était la concierge de leur immeuble avenue Foch.

Il aura aussi tout le loisir de découvrir plus tard que cette hallucinante et colossale similitude ne se bornait pas seulement au physique et au style vestimentaire, mais s'étendait tout aussi magistralement jusqu'au caractère.

— Célestine ! cria-t-elle. Célestine ! hurla-t-elle encore plus fort comme si elle s'était attendue à ce qu'elle apparaisse comme par magie.

Il la vit enfin sur le pas de la porte.

Berthe lui indiqua quelque chose sur le sol que Célestine s'empressa de ramasser. Sa tante pointa ensuite une de ses joues avec son index. Célestine l'embrassa rapidement avant de retourner tout aussi vite qu'elle était venue à l'intérieur de la maison.

Le cœur d'Adrien s'était mis à battre à tout rompre et il s'était assis dans l'herbe, le dos contre l'arbre, en faisant tout pour le calmer. Puis il pensa à ouvrir le livre qu'il avait pris soin d'emporter comme potentiel alibi et cueillit un brin d'herbe qu'il plaça dans sa bouche. Il lui semblait ainsi se fondre incognito dans la nature. Il ne savait pas que cette attitude relevant du cliché carte postale paraissait aussi étrange aux villageois que celle de sa mère en princesse éthérée.

Il attendit longtemps, mais elle ne réapparut pas.

Subitement, il pensa à regarder sa montre et estima qu'il était temps d'y aller. Sa mère l'attendait certainement pour déjeuner. Elle avait acheté un panier pique-nique pour l'occasion et il ne pouvait en aucun cas lui faire faux bond. Et puis, s'était-il dit, cette journée lui avait déjà été bien profitable. Il l'avait revue. Il savait où elle habitait. Et, point d'orgue, il connaissait enfin son prénom !

« Célestine », ces neuf lettres tombées du ciel furent pour lui un enchantement autant que de pouvoir enfin mettre un nom sur l'être cher, sur celle qu'il savait déjà être l'amour de sa vie.

* * *

Quel était donc ce sentiment étrange qui l'habitait ? Célestine se sentait vraiment toute bizarre, surtout après avoir rêvé de ce Parisien la nuit.

Certes, elle avait réalisé qu'il avait une pointe de ressemblance avec Mehdi, l'acteur qui jouait Sébastien, mais elle savait que ce n'était nullement la raison pour laquelle elle n'arrêtait pas de songer à lui.

L'Amour ? Comme à la télé ? Cela lui semblait peu probable : elle ne lui avait encore jamais parlé, n'avait même pas entendu le son de sa voix ! Et puis cela lui paraissait un sentiment d'adulte. Un sentiment qu'elle ne comprenait pas d'ailleurs, comme cela avait été un temps le cas pour celui de la pitié. L'idée la prit alors d'aller en chercher la définition dans son petit Larousse, mais elle l'avait vite refermé, déçue et tout aussi désappointée. Un seul fait lui apparut néanmoins certain : cela n'avait rien à voir avec ce qu'elle ressentait pour Willy, ni pour Edith, ni pour Berthe et encore moins pour la larve qu'était Aristide !... Encore que, dans le cas de son amie, elle y vit malgré tout une petite similitude. Une impression de douceur, une envie d'être avec l'autre.

Une autre question la taraudait. Comment pouvait-il s'appeler ? Elle se sentait terriblement impatiente de connaître son prénom.

À l'école, son esprit se remit à vagabonder par la fenêtre et le professeur dut lui rappeler quelquefois l'endroit du tableau.

Célestine avait une double justification à donner à ses incartades. Mais ni l'une ni l'autre n'étant avouable, elle décida donc bien vite de se reconcentrer. Et puis il n'était pas question pour elle d'abandonner en chemin ou de s'éloigner du but qu'elle s'était fixé.

La pensée de sa seconde excuse la motiva même dans ce sens.

À la maison, l'ambiance, qui n'avait jamais été déjà des plus joyeuses, était en effet devenue depuis quelque temps carrément désagréable.

Berthe criait de plus en plus souvent sur Aristide et Célestine le retrouvait tout aussi fréquemment au petit matin sur le canapé du salon. Elle avait d'abord entendu sa tante hurler des expressions dont elle n'avait compris que partiellement le sens comme « Tu me broutes le chou » ou encore « Tu te dores les miches, la vie ce n'est pas de la glandouille ! ».

Mais les mots qui ne tardèrent pas à venir finirent par l'éclairer : « Tu n'es qu'un sac à vinasse, une mouche de comptoir, un ivrogne, un boit-sans-soif. Et comment va-t-on payer si tu continues ainsi ? Avec de la monnaie de singe !? Tu n'es vraiment qu'un bon à rien ! »

Les mains d'Aristide, qui s'étaient mises à trembler avant même les gueulantes de son épouse, n'arrivaient plus depuis à assouvir sa passion pour les lépidoptères.

Célestine l'avait vu en effet à quelques reprises ne parvenant plus à opérer le moindre geste du long cérémonial qui précédait la crucifixion de ses pauvres petites victimes pourtant déjà bien mortes. Sa poubelle était devenue un cimetière de papillons aux ailes déchirées ou de petits cadavres broyés. Même les odeurs de formol et de naphtaline s'étaient mises doucement à s'évanouir dans leurs propres émanations.

« Il en est loin, l'Aristide », pensa alors Célestine tout en se réjouissant pour les chenilles qu'elle n'aurait plus à sauver.

Ce qui l'arrangea certes aussi, ayant cette fois bien d'autres choses à penser.

* * *

C'était de nouveau un jeudi. Le calendrier de la cuisine indiquait le 20 novembre et l'hiver semblait vouloir arriver prématurément. Il faisait déjà bien froid. Le paysage était triste à pleurer. Il avait cette mine de dépression de celui qui n'attend plus rien de la vie. Même le ciel avait l'air d'avoir passé un pacte avec lui. Il était d'un blanc-gris sans soleil et sans nuages aussi. Seule une tribu de corneilles attroupées en cercle y effectuait une danse aux allures de rituel, paraissant vouloir signer de leur sombre plumage et de leur macabre croassement la mort de cette bien cyclothymique campagne.

Cela faisait un mois que Célestine n'avait plus vu Adrien.

Elle était sur le chemin pour se rendre chez son amie, dont elle se réjouissait plus que jamais qu'elle fût sa plus proche voisine, quand elle l'aperçut au loin. Il lui semblait être avec une de ses sœurs. Son cœur se mit à palpiter, ses jambes lui semblèrent sur l'instant devenues très fragiles. Elle se sentit à ce point troublée par cette rencontre fortuite qu'une folle et subite envie la prit de faire demi-tour, elle qui avait pourtant tellement rêvé de ce moment…

Ils étaient maintenant à quelques mètres l'un de l'autre et les joues de Célestine se mirent, malgré le froid, à chauffer.

— Bonjour, lui lança joyeusement celle qui était à coup sûr sa sœur.

— Bonjour, lui répondit-elle timidement.

Ils s'étaient arrêtés, montrant leur désir de bavarder avec elle. La sœur, qui paraissait avoir son âge, lui donna une main franche comme peuvent le faire les grandes personnes. Célestine n'avait encore jamais vu cela entre enfants au village. Un pudique petit bisou ou le rien du tout y était en effet de circonstance.

— Je m'appelle Capucine ! dit-elle, guillerette, comme si ni le temps ni le triste paysage ne semblaient avoir le moindre impact sur son humeur.

— Et moi, Célestine.

Elles se sourirent, toutes deux amusées par la similitude de leur prénom.

Puis Adrien imita Capucine, bienheureux de l'avoir embarquée dans cette escapade. Sa main fut seulement plus subtilement donnée. Il voulait que ce premier contact dermique soit à l'image de ses sentiments.

Ils se mirent ensuite à discuter et Adrien laissa son expansive petite sœur poser toutes les questions. Ils apprirent qu'elle était orpheline, qu'elle n'avait point de frères et sœurs et qu'elle était élevée par de lointains parents. La secrète et pudique Célestine ne leur raconta pas l'étrange contexte de sa naissance, ayant décidé de laisser cette fois le champ de coquelicots bien de côté.

Quant à eux, ils l'avisèrent que leur maison serait prête pour les accueillir au début du printemps, qu'ils y viendraient tous les samedis après-midi jusqu'au dimanche soir et qu'ils y passeraient aussi une bonne partie des congés scolaires.

Capucine lui demanda où elle habitait. Célestine pointa sa maison du doigt.

— Nous sommes donc voisines ! Nous habitons le même chemin ! s'écria la petite Parisienne.

Adrien se mit à lui expliquer qu'ils ne se sentaient en rien dépaysés en ces lieux. Il lui décrivit leur quartier en lui parlant des centaines d'arbres qui s'y trouvaient et des nombreux jardins dont ils étaient entourés.

« Mais que venaient-ils donc faire dans leur bled si la campagne était à la porte de leur immeuble et que la végétation y semblait si variée ? » se demanda Célestine… Question qu'elle était, vous l'admettrez, bien en droit de se poser !

Adrien s'abstint de lui raconter que cette artère avait été surnommée « l'avenue Boche » pendant la guerre pour avoir vu plusieurs de ses immeubles réquisitionnés pour les affaires juives et la Gestapo et que des prostituées se baladaient quotidiennement aux alentours. Mais il ajouta, pour y mettre de la poésie, que Marcel Pagnol l'avait habitée et que le prince Rainier et Grace Kelly y séjournaient souvent, ce que, bien sûr, Célestine s'empressera d'aller raconter à sa tante.

Subitement, elle demanda l'heure. Elle avait vu qu'Adrien portait une de ces fameuses montres dont la publicité n'arrêtait pas de passer à la télévision et dont elle adorait le slogan.

« Vous vous changez… Changez de Kelton ! » Cette phrase la faisait à chaque fois autant rêver que celle d'Hollywood Chewing Gum et sa « fraîcheur de vivre », toutes deux ne venant qu'amplifier sa grande envie d'évasion.

— Il est midi vingt-trois, lui répondit Adrien.

Célestine réalisa qu'il était grand temps d'y aller. Gaston et Simone, les parents d'Edith, étaient pour l'heure du repas taillés dans le même bois que la tante Berthe : ils ne supportaient pas le moindre retard. Elle dut donc, bien à regret, les laisser.

Ils se donnèrent cette fois un petit bisou et l'extravagante Capucine l'entoura de ses bras.

— Bien contente de t'avoir rencontrée ! Et à très bientôt !

— À très bientôt ! lui renvoya Célestine un peu moins timidement qu'elle ne leur avait dit bonjour.

En s'éloignant, Célestine prit conscience qu'elle ne s'était jamais sentie aussi heureuse. Elle avait l'impression de planer.

Elle connaissait enfin son prénom ! Et elle avait enfin entendu sa voix et vu son sourire ! Les choses, cette fois, lui parurent claires et limpides. Elle était amoureuse ! C'était une certitude !

Edith la trouva bien guillerette et, surprise de voir son amie dans cet état qu'elle ne lui avait que trop rarement connu, ne put bien sûr s'empêcher de l'interroger, la porte de la maison à peine refermée.

Célestine lui fit part de sa rencontre mais, malgré leur grande complicité, ne désira pas encore partager les tout nouveaux émois qui l'habitaient.

— Ils m'ont parlé de Paris ! conclura-t-elle alors rapidement, des étoiles plein les yeux, avant que toutes deux n'entrent dans la cuisine.

« Ne pas tout dire, ce n'est pas mentir », se dira-t-elle au cours de ce déjeuner, se donnant ainsi des excuses pour préserver encore un temps son jardin secret.

Cinq jours après la magique rencontre dans ce bien sombre paysage, l'hiver s'imposa cette fois en arrivant par la grande porte. La neige recouvrit à peu près les trois quarts du pays et la journée prit des allures de Mai 68, celles d'une France paralysée.

Mais ce ne fut pourtant rien au regard de ce qui allait suivre.

Beaucoup d'écoles dans le pays s'étaient mises en effet à fermer sans qu'aucune cause révolutionnaire fût cette fois à la source de cette prise de décision. Les habitants de la bourgade s'étaient barricadés chez eux, ce qui n'avait pourtant pas empêché deux familles d'être endeuillées. La mort de nombreux Français, causée par la deuxième vague de la grippe de Hong Kong, fut annoncée à l'ORTF. Ils apprendraient plus tard que ce virus parti d'Asie centrale avait décimé, pour ce seul hiver et rien qu'en France, plusieurs dizaines de milliers de personnes et avait dans le monde, de l'été 1968 au printemps 1970, fauché plus d'un million de vies.

Jamais personne dans le village n'avait imaginé qu'une si petite chose venue d'un endroit aussi lointain pût arriver jusque dans leur campagne. Quelques-uns pensèrent que ces foutus citadins en avaient peut-être été porteurs.

Plusieurs vagues neigeuses parcoururent le dernier mois de l'année et les gelées furent sévères.

Durant douze jours, Célestine se retrouva donc dans un huis clos avec Berthe et Aristide. Ce mois de décembre d'une tristesse absolue lui fut tout aussi angoissant que pour beaucoup, mais à la seule différence qu'il lui était impossible de prendre des nouvelles de l'être cher. Elle avait peur pour Adrien et priait tous les soirs pour que cette pandémie ne l'atteigne pas.

Le temps lui parut long. Si long que, certains jours, le visage d'Adrien s'estompa, ce qui lui apparut en totale dichotomie avec ce qui se passait dans son cœur, et, comme pour ses horribles souvenirs avec le curé, elle se demanda même parfois si elle avait réellement vécu ces moments…

Jusqu'au jour où, pour la première fois depuis son arrivée au monde, elle reçut une lettre. Quand Berthe la lui tendit, elle n'en crut pas ses yeux et ses mains se mirent à trembler. Leur nom était mis à l'arrière (raison pour laquelle Berthe sembla moins surprise qu'elle par l'événement). Une carte de vœux s'y trouvait. La tour Eiffel y remplaçait le traditionnel sapin et des boules de Noël étaient dessinées au Magicolor. Elle la retourna fébrilement.

Un bonjour de Paris. On te souhaite de bonnes fêtes ! Et on espère que tu vas bien ! À bientôt. Capucine et Adrien.

« Il est donc bien vivant ! » s'écria Célestine dans son for intérieur, avant de réaliser qu'ils avaient pris soin de prendre note du numéro de la maison et du nom de famille sur la boîte aux lettres !

Ce trésor inestimable alla illuminer l'intérieur de sa table de nuit et tenir compagnie à son cher Premier ministre monté en grade et à son Sébastien alors un peu oublié.

* * *

Le hasard est parfois bien étrange.

C'était Noël. Il était presque une heure du matin. Célestine, comme tous les paroissiens, s'était redressée du recueillement qui s'impose après avoir reçu le corps du Christ. Quand, tout à coup, elle sentit quelque chose de chaud dans sa culotte. Prise de panique, elle tâcha de ne rien en montrer et serra immédiatement les fesses.

— Mais arrête donc de gigoter ! lui chuchota pourtant Berthe, agacée.

Que lui arrivait-il ? Elle n'avait rien senti venir. Et pourquoi donc cette sensation de liquide entre ses cuisses ? Au même instant, l'abbé Bourdin lui avait jeté un regard, ce qui n'avait fait bien sûr qu'accroître le grand trouble qui l'habitait. Lui avait-il lancé un sortilège pour ne pas s'être rendue à d'autres cours de catéchisme ?

Malgré son manteau, il lui sembla que toute la petite assemblée s'en apercevait. Elle se sentait ridicule et honteuse.

Mais comment donc allait-elle marcher dans la neige si cela continuait ainsi ?

Elle sortit de l'église à petits pas, s'accrochant au bras d'Edith comme à une bouée de sauvetage.

— Ça va ? Tu es toute bizarre ! lui avait alors sorti son amie.

Célestine remit, à nouveau, les raisons de son état sur les vapeurs de l'encens.

Après ce qui lui parut un long chemin de croix, elle monta tout aussi péniblement dans sa chambre et abaissa rapidement ses collants en laine et sa petite culotte. Sa découverte l'emplit alors d'effroi.

« Mais que m'arrive-t-il donc ? » se demanda-t-elle à nouveau, complètement affolée.

Personne ne lui avait jamais expliqué ce qui se passait chez une fille entre l'enfance et l'âge adulte, et aucun roman, aucun film ni aucune émission ne l'en avaient prévenue. Célestine ne put s'empêcher de repenser à cet instant, comme ce fut le cas un peu plus tôt à l'église, au souvenir trouble et glauque de la sacristie qu'elle avait pourtant toujours préféré oublier.

Y était-il pour quelque chose ? « Forcément ! » pensa-t-elle alors.

Malgré sa grande panique, il lui fallait parer au plus pressé. Elle décida d'attendre les ronflements de Berthe et d'Aristide, qui avaient pour habitude de traverser les murs. Puis elle se dirigea sur la pointe des pieds vers la salle de bains. Elle y prit la bouteille d'eau de Javel et, malgré le grand froid, entrouvrit la fenêtre. Elle mit ensuite sa petite culotte, qu'elle avait heureusement choisie toute blanche pour ce grand jour, dans l'eau miraculeuse en se disant qu'elle avait eu bien de la chance que cette tache rouge brunâtre n'ait pas atteint ses collants. Berthe avait en effet l'art de les acheter trop grands, sans doute par économie, et pour la première fois Célestine s'en félicita. Après avoir un peu patienté, grelottante, elle rinça et essora son linge. Elle agita ensuite la fenêtre dans un mouvement de va-et-vient, puis la referma délicatement, et retourna tout aussi discrètement dans sa chambre en ayant pris soin d'emporter un rouleau de papier afin de protéger la petite culotte prévue pour la nuit. Elle posa son morceau de tissu sur le radiateur et attendit patiemment son séchage afin que Berthe ne puisse, le cas échéant, s'étonner d'un tel emplacement.

Allait-elle mourir ? La mort ne lui avait jamais pourtant fait peur, elle s'était même surprise à l'espérer certains jours. Mais depuis qu'elle avait rencontré Adrien, cette envie passagère l'avait définitivement quittée. Elle tenait cette fois précieusement à la vie.

Célestine, prise de douleurs dans le bas-ventre qui irradiaient jusqu'à son dos, plongea dans un profond désarroi. Elle se sentait incapable d'en parler à sa tante et vécut ainsi pendant deux jours et une nuit dans un état de grande torpeur, vérifiant sans cesse l'état de son sous-vêtement et celui de ses draps.

Mais le hasard qui est certes parfois étrange, peut être aussi quelquefois bien fait.

Le surlendemain, Edith déboula en effet chez elle en fin de journée, totalement euphorique, et lui expliqua dans un brouhaha de paroles qu'elle était enfin devenue femme.

— Tu te rends compte ! J'ai mes règles ! lui sortit-elle, très fière, sur l'air de quelqu'un se vantant d'une grande promotion ou d'avoir acquis un diplôme.

Célestine la regarda, perplexe. Très étonnée de son ignorance, Edith s'était mise à lui expliquer.

Elle avait à peine terminé de parler que Célestine, comme le jour de ses neuf ans, avait serré très fort son amie dans ses bras, et peut-être même plus fort encore. Edith ne s'en était pas étonnée. Elle avait pris tout simplement cette chaleureuse et vive accolade pour des félicitations à la hauteur des sentiments que son amie lui portait.

« Je ne vais donc pas mourir ! » s'était dit Célestine, à ce point soulagée qu'elle réalisa plus que jamais à quel point Adrien lui avait fait aimer la vie.

Et elle se décida enfin à en parler à sa tante Berthe.

* * *

À la mi-janvier, on sonna à la porte et Célestine entendit sa tante l'appeler. Elle râla de devoir laisser les *Cinq petits cochons* d'Agatha Christie qui venaient tout juste de l'embarquer. Il était plus de dix heures du matin et elle était encore en chemise de nuit. Elle savait pertinemment que Berthe allait le lui reprocher, mais elle déposa son livre et sortit de sa chambre… quand, stupéfaite, du haut des escaliers, elle aperçut Adrien et Capucine dans le vestibule.

— Tu n'es pas encore habillée ? s'étonna Berthe, les mains sur ses larges hanches, d'un ton auquel Célestine s'était préparée.

Pour une fois, elle fut en accord avec sa tante et, très gênée de son état, se reprocha vivement sa fainéantise.

— Bonjour, Célestine ! s'écria Capucine.

Elle n'eut pas le temps de répondre que la sœur d'Adrien lui demanda :

— On voulait savoir si cela te disait de venir te promener avec nous ?

— Tu es devenue muette ? On t'a posé une question ! poursuivit l'impatiente Berthe.

— Oui, avec plaisir, répondit simplement et timidement Célestine.

— Ben, alors ? Qu'est-ce que tu attends ! File donc te préparer ! dit-elle avec son geste de la main, mais qui avait pris cette fois une direction opposée à ses habitudes.

Ni le frère ni la sœur ne furent choqués du comportement de la Berthe. Ils s'envoyèrent juste un petit sourire en coin, partageant ainsi leurs pensées pour Mme Dubreuil. Même la décoration de la maison avait de grandes similitudes avec celle de la conciergerie, avaient-ils pensé à l'unisson. Ils étaient donc clairement en tout point en terrain connu. Célestine s'empressa d'aller enfiler ses vêtements, bienheureuse d'avoir déjà pris sa douche. Elle était si excitée par cette venue et cette escapade que ses mains en tremblèrent à la fermeture de ses lacets.

En bas, pendant que sa sœur, avec l'aisance qui lui était familière, bavardait avec Berthe, Adrien, lui, s'armait de patience à l'image de celle qu'il allait avoir plus tard pour l'attendre.

« À treize heures tapantes ici », lui avait dit Berthe en réajustant son écharpe, comme à une enfant qu'elle n'était pourtant plus.

* * *

« Elle est bien sympathique, la petite », lui avait sorti sa tante à l'heure du déjeuner. Capucine l'avait assurément et étrangement fort amusée, étonnée qu'une jeune fille de son âge puisse avoir autant d'assurance, mais surtout qu'une Parisienne puisse faire preuve d'autant de simplicité. Elle eut pour elle une tendresse immédiate que, tout aussi bizarrement, elle ne cacha point à Célestine.

« Le Spirou », comme la surnommera bien vite Berthe, était, il est vrai, fort distrayant et spontané.

Pleine de vivacité d'esprit, Capucine n'avait certes pas hérité de la beauté de sa mère, mais avait un caractère si avenant qu'on la disait bien souvent jolie.

Seuls ses parents s'étonnaient quelquefois des éloges tenus par leurs amis et connaissances. En effet, fréquemment oubliée par ses géniteurs pour une raison qu'ils ignoraient eux-mêmes, peut-être par distraction, « la petite dernière » n'avait pas la préférence qu'on lui prête de coutume. Hippolyte et Dora n'avaient d'ailleurs jamais relevé tout l'humour que leur fille s'était forgé comme carapace ni la fantaisie qu'elle avait déployée afin de se faire remarquer.

C'est donc ainsi que Capucine était devenue cette petite jeune fille qui plaisait tant à la tante Berthe et qui remportait à l'école tout le succès qu'elle n'avait pas auprès de ses parents… Comme l'a si bien écrit le poète anglais John Dryden : « Nous façonnons d'abord nos habitudes, puis nos habitudes nous façonnent. »

Berthe ne fit par contre aucun commentaire sur Adrien. Ce fut bien lui qui, sur ce coup, sembla avoir été totalement ignoré.

Célestine plana si haut au cours de ce déjeuner qu'elle ne parut même pas constater l'horrible langue de bœuf dans son assiette et, encore dans l'envoûtement que lui avaient procuré la présence d'Adrien et la joie de Capucine, l'avala cette fois sans broncher.

Berthe, surprise, se félicita plus que jamais de l'éducation qu'elle lui avait donnée. Elle avait eu bien raison de ne pas avoir plié face à ses caprices enfantins, pensa-t-elle, non sans une pointe de fierté.

Elle chercha à tirer les vers du nez de Célestine sur cette promenade matinale mais n'obtint qu'un « C'était très chouette » dont elle dut, bien à regret, se contenter.

Mais il faut dire que Célestine, déjà pas très loquace, au-delà de sa grande rêverie, n'était pas non plus accoutumée à voir sa tante s'intéresser d'aussi près à ses activités.

* * *

Plus aucun jeudi, Berthe n'eut à la réprimander pour ses flâneries en chemise de nuit.

Même si février avait encore été bien rude et que la neige avait fait de nouvelles apparitions, Célestine avait pourtant espéré les voir réapparaître. Et, aussi maigre que fut cette expectative, elle voulut cependant ne prendre aucun risque et ne désira donc plus se rendre chez son amie ce jour de la semaine, ni le dimanche, d'ailleurs. Elle lui proposa dès lors de venir chez elle. « Pour varier un peu », lui avait-elle dit, ayant réalisé que c'était bien là le meilleur argument qu'elle pouvait lui donner.

L'ennui dans le village leur paraissait en effet de plus en plus mortel et les heures s'y dérouler de plus en plus lentement.

Edith lui parla donc plus que jamais, au cours de ce triste mois, de son grand rêve de devenir mannequin et pour lequel tout semblait de bon augure pour y parvenir.

En effet, elle venait de fêter ses quatorze ans et son corps tout en finesse mesurait déjà un mètre soixante-dix et, contrairement aux attentes de la plupart de ses petites consœurs, elle se réjouissait que son excroissance ne soit pas à l'image de sa croissance. Elle était toujours aussi plate qu'une limande et priait ardemment pour que son corps restât ainsi ; non seulement pour les critères que semblait exiger le métier, mais aussi par envie de ressembler à son idole qui se nommait Twiggy.

Certes, elle savait qu'elle était moins belle que Célestine, mais quand elle se maquillait en secret dans la salle de bains familiale, elle se trouvait, face au miroir, carrément jolie. Et puis son visage, elle le savait, avait cette qualité rare de capter merveilleusement la lumière. Les très nombreuses photographies qui trônaient sur la cheminée du salon ne laissaient aucun doute quant à la chose.

« Il n'y a aucune raison que je n'y arrive pas ! » se disait-elle bien souvent, ayant pris conscience combien sa petite enfance et la lente métamorphose de son physique lui avaient forgé une forte personnalité qui lui donnait plus de chances encore de percer un jour dans le milieu.

Et c'est là, enfermées toutes deux dans la chambre de Célestine et étendues sur son lit, que la petite propriétaire de ces lieux ressentit pour la première fois depuis sa venue au monde l'étrange besoin de s'épancher. Les remous de son cœur avaient sans doute fait déborder les sentiments qui l'habitaient.

Elle se livra donc à son amie et se mit à raconter en détail sa promenade.

— Il me semblait bien que cela ne devait pas être que Paris qui t'avait mise dans cet état, lui dit Edith, amusée, tout en se félicitant de sa clairvoyance.

Stupéfaite que sa secrète amie s'ouvre enfin à elle, Edith l'avait écoutée sans broncher.

Célestine avait évoqué la délicatesse d'Adrien, ses fossettes et ses yeux, la façon qu'il avait de la regarder, cette main qu'il se passait souvent dans les cheveux avant de lui parler, les vêtements qu'il portait avec tant d'élégance, ses mots si joliment formulés, sa voix et son sourire qu'elle adorait…

Jamais la bouche de Célestine n'avait connu un tel débit de paroles.

Elle avait par contre essayé, dans cet élan dont elle s'était elle-même étonnée, de restreindre l'enthousiasme qu'elle éprouvait pour Capucine. Elle ne voulait en rien que son amie puisse entrevoir un quelconque duel amical.

Quand elle eut terminé, Edith la serra très fort dans ses bras.

— Je suis vraiment trop contente pour toi ! s'exclama-t-elle avec une joie qui ne laissait aucun doute quant à sa sincérité.

... Mais peut-être bien que le bonheur de Célestine s'appelait également pour elle « espoir ». Celui que tout était bien possible.

* * *

À force de docilité, de discrétion et de silences, Berthe avait toujours cru que la petite n'était pas habitée par grand-chose. Elle ne vit donc rien venir.

Et puis aurait-elle compris ses rêves, ses désirs et ses émois ?

Elle avait épousé Aristide parce qu'il le lui avait poliment demandé, après l'avoir fait avec autant de civilité auprès de ses parents, et parce qu'il avait été hors de question pour elle de coiffer Sainte-Catherine.

Elle s'était toujours contentée de cette vie et, si elle avait une passion pour le Gotha, ce n'était ni plus ni moins comme d'autres ont celle des voyages, mais pour rien au monde elle n'aurait changé sa place contre celle d'un des personnages de *Point de vue*.

Elle l'aimait pourtant bien, la Célestine, et sans doute bien plus encore qu'elle ne voulait se l'avouer. Mais les sentiments représentaient pour elle un luxe dont il ne fallait user qu'avec parcimonie et certainement pas en faire un quelconque étalage.

Aristide s'était acclimaté depuis longtemps à ce désert affectif et charnel, mais pour Célestine la situation était alors bien différente. Jamais cette mère inconnue, tant de fois fantasmée, ne lui avait autant manqué. Elle aurait tellement aimé à cette époque pouvoir aller se blottir contre elle et lui parler des bouleversements de son cœur et de son corps. Elle l'avait toujours bien sûr imaginée radieuse, douce, équilibrée et aimante. Personne ne lui avait jamais raconté qu'elle n'avait été qu'une pauvre fille perdue sous la coupe d'un mari machiste, jaloux et violent, et qu'elle n'avait jamais semblé heureuse de porter le fruit de son mariage.

« Il n'est pas utile d'aller en rajouter une couche aux enfances pas très joyeuses », faisait quelquefois remarquer Mme Morel à ses clientes quand la petite venait de sortir de sa boutique.

Contrairement à son amie Edith, et quoiqu'elle fût de six mois sa cadette, les hanches et les seins de Célestine, qui avaient commencé doucement à se transformer déjà bien avant l'angoissante nuit de Noël, connaissaient cette fois de grandes métamorphoses.

Et c'est un soir, autour de la toute nouvelle toile cirée et après avoir regardé « Le Schmilblic » – cette ludique émission qui était en quelque sorte le « Qui suis-je ? » de l'objet – que Berthe, tout en touillant la salade, lui lança à brûle-pourpoint :

— Dis, au fait, Célestine ! Il serait peut-être grand temps qu'on aille t'acheter un ou deux soutiens-gorge !

Était-ce cette question : « Est-ce que le Schmilblic peut servir à une jeune fille ? », qu'un des candidats endimanchés venait de poser à Guy Lux, ou les premiers rayons de soleil de la journée annonçant la venue très proche du printemps qui l'avaient illuminée ?... Pas toujours facile de savoir ce qui se passe dans un cerveau !

Célestine, déjà gênée, vit le regard de son oncle pointer l'objet de sa remarque, comme elle l'avait d'ailleurs déjà vu faire quelquefois.

— Mais, tante Berthe, cela ne regarde pas Aristide ! avait-elle osé lui répondre.

Berthe avait stoppé sur-le-champ son mélange de verdures et avait relevé la tête en opérant son sempiternel geste.

— Arrête donc ! Ne fais pas ta précieuse ! Et puis il est sourd comme un pot ! Et toi, arrête donc de boire ! avait-elle crié bien fort, sans doute afin de donner de la valeur à son élucubration, en se penchant vers Aristide pour lui retirer d'un geste brusque son verre de vin derrière lequel il venait de tenter de se camoufler.

* * *

Le rude hiver avait joué les prolongations et donné quelque retard au chantier. Il était rempli de pots de peinture, de bâches, de boîtes de carrelages, de planches et des fils électriques sortaient encore des murs.

— Fais attention à ta belle robe, lui avait murmuré Adrien en saisissant délicatement un de ses bras afin qu'elle puisse passer sans encombre quelques poutrelles poussiéreuses.

Dora déambulait parmi les ouvriers, son fume-cigarette en ivoire entre les doigts, semblant vérifier les emplacements des prises.

« Même son jeans à pattes d'éléphant lui donne des allures d'un autre temps », pensa alors Célestine, tout aussi étonnée que fascinée.

À leur vue, Dora s'était arrêtée et ils s'étaient approchés.

— Maman, je te présente Célestine.

— Eh bien, vous êtes bien jolie, Célestine ! lui avait-elle dit en guise de bonjour en lui tendant une main nonchalante en totale opposition avec ses propos dans lesquels elle avait semblé vouloir mettre la plus grande des sincérités.

Célestine se sentit rougir… Et c'est à partir de ce moment bien précis de son existence qu'elle commença seulement à prendre conscience de sa grande beauté.

Jusque-là, il lui avait toujours paru assez facile d'être admirée. Non pas par prétention, elle n'en était point habitée, mais parce qu'elle avait tout simplement réalisé qu'elle avait la chance d'avoir hérité d'un physique bien au-dessus de la moyenne des habitants du village. « La nature dans laquelle je suis née m'a donné certes quelques avantages, cela ne fait pourtant pas de moi un être ravissant », s'était-elle dit quelquefois. Et c'est donc pourquoi elle n'avait jamais pris très au sérieux les commentaires et les yeux écarquillés qu'on portait sur elle.

Mais avec Dora, les choses étaient cette fois bien différentes. Le compliment dans la bouche d'une telle femme prenait une tout autre valeur.

— Merci, madame, lui avait-elle alors répondu bien timidement, et toute surprise aussi d'avoir été vouvoyée.

Jamais, aussi loin que pouvaient remonter ses souvenirs, elle ne s'était sentie une personne aussi importante. Elle n'avait bien sûr aucune souvenance de sa toute première entrée au village.

Avant même de savoir ce qu'élégance voulait dire, Célestine l'avait toujours appréciée mais ignorait alors que le goût était une de ses qualités. Raison pour laquelle elle avait toujours aimé voir passer l'épouse du maire. Mais Mme Rastignac lui avait semblé subitement bien pâle la première fois où la mère d'Adrien lui était apparue à la sortie de l'église. Et là, face à elle sur ce chantier, elle se sentait terriblement impressionnée.

— Adrien m'a raconté que vous habitiez le même chemin que le nôtre. À l'autre bout, c'est bien cela ?

— Oui, madame.

— Nous aurons donc le plaisir de nous revoir souvent, dit-elle en envoyant un sourire plein de malice à son fils chéri.

Célestine n'eut pas le temps d'ouvrir la bouche ; l'entrepreneur s'était approché un plan à la main, en faisant comprendre qu'il avait une question urgente à poser.

Adrien lui fit visiter la maison. Même s'il lui était encore difficile de s'imaginer à quoi elle allait ressembler, Célestine comprit pourtant bien vite qu'elle n'aurait aucun point commun avec une autre du village.

Ils partirent ensuite en balade, où tous deux furent vite enivrés par les parfums du printemps qui flottaient enfin dans l'air et qui semblaient vouloir souligner l'événement.

Mais les premiers émois amoureux, nous le savons tous, peuvent rendre timide, distant et gauche. Au début, les mots furent donc rares et heureusement que les adolescents étaient obligés de regarder droit devant eux car ils auraient sans doute été bien embarrassés de savoir où poser leurs yeux.

Adrien était un garçon au physique diamétralement opposé à celui de Célestine. Il semblait autant venir du sud de l'hémisphère qu'elle de son nord.

La détermination qui l'avait toujours habité transpirait dans chacun de ses traits.

Adrien n'avait jamais été en effet ce genre d'enfant hésitant entre des Lego, un camion ou une boîte de magie dans un magasin de jouets ou celui agaçant ses parents devant la camionnette du glacier en tergiversant longuement entre fraise ou chocolat, entre cornet ou petit pot.

Il avait toujours su d'emblée ce qu'il voulait et n'en démordait pas. Non pas par un quelconque amour propre ou entêtement capricieux ; il était juste né ainsi. À peine sorti du ventre, il avait déjà montré cet aspect de sa nature en marquant une nette préférence pour les bras maternels. Il l'avait fait savoir haut et fort, et Hippolyte, aussi désappointé qu'Aristide l'avait été avec la petite Célestine, fut tout aussi obligé de s'y habituer rapidement. Adrien n'avait pas un seul instant changé d'avis depuis.

Et là, plus que jamais, sur ce chemin, il était convaincu, comme d'autres le sont par la présence de Dieu, que Célestine était la femme de sa vie et qu'il s'agissait de ne faire aucun faux pas. Il ne fallait rien faire ni dire qui puisse l'effrayer ou la décevoir. L'importance de l'enjeu était trop grande. Son avenir tout entier en dépendait.

Avait-elle les mêmes sentiments ? Il ne pouvait encore y répondre et n'en était bien sûr que d'autant plus fébrile. Mais réciproques ou pas, il savait qu'il ferait tout pour qu'ils le soient. Il savait qu'il faudrait certes l'apprivoiser mais il s'en ferait aimer, parole d'Adrien.

Adrien était en effet un être délicat, intuitif, intelligent et d'une grande patience. Le choix qu'il avait opéré à ses douze ans d'être plus tard psychologue semblait sans conteste une des meilleures orientations qu'il ait pu choisir.

Il percevait dans le regard de Célestine une envie d'ailleurs. Il était envoûté par ses yeux verts qui ressemblaient à un lac sans fond dans lequel il avait juste envie de se plonger et ne jamais ressortir. Il aimait sa nuque qui avait la grâce de la patience où il voyait un peu de sa propre détermination. Il aimait son regard curieux sur les choses. Il aimait sa bouche charnue aux allures parfois boudeuses semblant ne pas vouloir s'ouvrir inutilement. Il aimait la délicatesse de ses gestes, sa timidité et sa retenue.

Bien sûr, il était tout aussi fasciné, comme tout un chacun pouvait l'être, par son physique d'exception, mais dès l'instant où il l'avait aperçue, il avait deviné chez elle un présent à la hauteur de son magnifique emballage, avec cette assurance de ne pas se tromper.

Il aimait donc déjà aussi, il le savait, tout ce qu'il lui restait à découvrir.

Elle lui faisait penser à certaines œuvres du musée du Louvre qu'il avait cru connaître dans les moindres recoins et qui n'avaient pourtant cessé de le surprendre en lui révélant à chaque visite un nouvel élément ou un détail d'importance qui les rendait plus belles encore.

Il était bien décidé à lui offrir une vie de princesse et lui faire oublier le contexte dans lequel la vie l'avait projetée. Il ne reviendrait pas là-dessus. Rien ni personne ne l'arrêterait. C'était une certitude. Aussi sûr qu'il s'appelait Adrien.

* * *

L'amour a parfois ce pouvoir magique de rendre amnésique. Ce fut bien le cas pour Célestine. Son passé lui semblait ne jamais avoir existé et elle survolait complètement la vie qui était encore la sienne. Elle y était, mais comme dans un monde parallèle, et son grand détachement la rendit plus docile encore qu'elle ne l'avait été jusque-là.

Berthe n'eut donc pas encore à cette époque à s'en plaindre. Elle la traita juste un peu plus de « douce rêveuse » ou de « distraite ». Au village, c'était « de plus en plus mystérieuse » qui traînait sur toutes les lèvres.

« Mais comment arrivait-elle à de tels résultats scolaires avec une tête continuellement dans les nuages ? » se demandait souvent Berthe, prise entre perplexité et admiration. Célestine était devenue en effet, cette fois, la meilleure des élèves.

Elle ne pouvait évidemment pas savoir que l'image d'Adrien avait rendu ses études d'autant plus importantes.

Adrien, au cours de cette balade, lui avait parlé de son projet de devenir psychologue. « Un grand ! » avait-il poursuivi.

De son côté, avait-elle voulu l'éblouir ? Ou avait-il réveillé en elle de plus grandes ambitions ? Célestine ne pouvait y répondre. « Peut-être un peu des deux », se disait-elle parfois. Mais une chose était certaine : son rêve de devenir speakerine était bien mort de sa belle mort sur ce chemin des Lilas et une nouvelle aspiration y était bien née.

Quand Adrien lui avait demandé :

— Et toi ?

Elle lui avait répondu de but en blanc :

— Journaliste… À l'ORTF, avait-elle immédiatement ajouté.

Seule, donc, la vision de son futur employeur était restée inchangée.

* * *

Cour d'assises des mineurs – Septembre 1973

— Je vous le promets, monsieur le président, Célestine n'est même pas capable de faire le moindre mal à une mouche !

Adrien lui raconta son sauvetage de chenilles des griffes de son oncle afin de lui apporter la preuve de ce qu'il avançait.

— Oh, vous savez, on a déjà vu plus d'une eau dormante se transformer en tempête ! lui avait alors rétorqué le président.

Mais que venait-il donc de faire ? Ce procès le rendait-il donc fou ? Où était donc passé son self-control et son intelligence ? Rien ne lui importait plus que de pouvoir sauver cette jeune fille du naufrage ! Pourquoi s'était-il ainsi montré, ne fût-ce qu'un instant, l'avocat du diable ? La recherche effrénée de la vérité ?

Bien sûr qu'il lui paraissait tout aussi impensable que cette petite ressemblant à un ange, si belle et si délicate, ait pu opérer un tel carnage. Mais pourquoi alors ces paroles qui allaient à son encontre ? Il se reprocha amèrement de les avoir prononcées. Avait-il influencé les jurés ? Il ignorait encore que ce doute et ce remords allaient le hanter le restant de sa vie.

Jamais dans sa longue carrière il n'avait ressenti un tel malaise et n'avait été empli d'une telle incompréhension. Le mystère humain ne lui était jamais apparu aussi entier qu'au cours de ce procès. Et voilà qu'il commençait à ne plus se comprendre lui-même. Il se gratta une fois de plus la tête, signe distinctif chez lui de son désappointement ou de son agacement. Ce fut cette fois de total égarement.

Et ce n'étaient pas les deux protagonistes, aussi muettes l'une que l'autre, qui allaient pouvoir l'éclairer.

Ce n'était effectivement pas la Berthe dans sa chaise roulante avec sa tête éternellement penchée et sa bouche tordue dans une affreuse grimace dont les seules manifestations étaient soit un filet de salive, soit un bruit ressemblant à un grognement qui allait pouvoir le faire.

Le président n'avait jamais trouvé sa tâche aussi ardue ni porté avec autant de peine la lourde responsabilité qui lui incombait.

C'était bien là le premier procès qui l'empêchait de dormir.

Mais si la petite s'obstinait ainsi à se taire, il devait se rendre à l'évidence, il ne pourrait rien faire pour elle. Cela le rendait malade.

Certes, maître Baldaquin regrettait furieusement d'avoir accepté cette affaire, mais le président se sentait, lui, fort malchanceux que celle-ci lui ait été confiée. Contrairement à ses mots malvenus, il savait déjà qu'elle occuperait son esprit et sa conscience jusqu'à la fin de ses jours. Il se sentait en quelque sorte, malgré la place qu'il occupait, condamné à vie par ce procès dont il présageait le verdict.

Adrien se mit à supplier Célestine et le président le laissa faire. Tout était bon pour la faire réagir. « Et si l'amour y arrivait... pourquoi pas ? » se disait-il. La bienséance commençait à ne plus fort lui importer.

— Célestine, je t'en prie, parle ! Je sais que tu es incapable d'avoir commis ce crime ! Je t'en supplie, Célestine, regarde-moi ! Dis-leur que ce n'est pas toi !

La petite assemblée sembla prise d'apnée.

— Je t'en supplie ! Je t'en supplie... répéta-t-il encore, d'une voix étouffée par les sanglots qu'il s'efforçait de retenir.

Mais Célestine ne leva pas un seul instant les yeux. Pas un mot ne sortit de sa bouche. Il y eut juste une larme qui coula sur son visage, qu'elle s'empressa de dissimuler en regardant encore un peu plus ses chaussures.

Adrien, contraint par les règles du huis clos, dut sortir de la salle. Son visage était cette fois inondé de tout le liquide lacrymal qui n'avait demandé qu'à déborder.

Ses parents et Edith l'attendaient nerveusement dans la salle des pas perdus.

Dora, le cœur complètement brisé par le chagrin de son fils, ne savait plus que faire sinon l'entourer plus que jamais de son affection.

Elle avait déjà pris en charge avec sa cassette personnelle les frais de la défense de Célestine, dont elle avait choisi elle-même l'avocat après avoir consulté son ami le bâtonnier. « Le jeune Baldaquin me semble être de ceux dont l'avenir me paraît le plus prometteur », lui avait-il dit, en conclusion de leur entretien. Mais avait-il été judicieux de l'écouter ? Les doutes l'assaillaient. Pourquoi donc n'avait-elle pas choisi maître Patrick Durand-Faretti, dont la réputation n'était plus à construire ?…

Elle s'en voulait furieusement de sa négligence et de son empressement. Qu'avait fait cet avocat en herbe jusqu'à présent ? Certes, son ami lui avait rapporté qu'il avait décrit avec une grandiloquence hors du commun le contexte exceptionnel dans lequel la petite était née et la triste vie qui s'en était suivie… Mais n'importe quel abruti savait que cela ne justifiait en rien un tel homicide ou que cela ne pouvait en rien servir à l'innocenter ! « Autant embrasser la carrière de comédien ! » avait fait remarquer Dora à sa belle-mère, la dernière fois qu'elles avaient osé se donner rendez-vous au Fouquet's.

Tout y était décidément aussi obscur qu'au premier jour. Que diable signifiait cet enfermement dans le silence ? Elle savait Célestine bien secrète et avait toujours apprécié, et bien sûr compris, ce trait de sa personnalité, mais là son mutisme la rendait complètement interdite. Comment pouvait-elle ainsi mettre en jeu sa vie tout entière et celle de son fils ? Pourquoi cette totale apathie, cette absence d'instinct de survie ?

— Parle, mon Dieu, Célestine ! As-tu, bon sang, bien conscience de ce que tu risques !? l'avait-elle adjurée en la tutoyant pour la première fois au parloir, dans le but, certes inconscient, d'opérer un quelconque électrochoc. A-t-il cherché à te violer ? Si c'est le cas, tu sais quand même bien que c'est de la légitime défense ? Tu le sais, n'est-ce pas, Célestine ?

lui avait-elle demandé en essayant désespérément d'agripper son regard.

Et pour la première fois aussi, Dora s'était livrée sur l'agression qu'elle avait subie adolescente. Elle s'était mise à lui raconter le jour où un ami de son père l'avait calée dans un coin et était parvenu à soulever sa robe.

— Il avait déjà sa main sur ma culotte quand je suis arrivée, je ne sais plus trop comment, à lui donner un coup de pied dans les roubignoles, mais je pense sincèrement que si j'avais eu un crucifix ou tout autre objet à portée de main, je m'en serais servie sans hésiter !... Et je sais aussi, Célestine, que la grande rage qui m'habitait aurait pu m'amener à lui assener ces sept coups sur la tête !

Mais malgré cet aveu, qui lui avait tant coûté, le joli visage de Célestine était resté tout aussi impénétrable.

Dora n'avait obtenu au cours de cette visite qu'un « Bonjour » et un « Au revoir, madame » dits aussi poliment qu'elle en avait l'habitude, et Célestine l'avait laissée confondue dans son impuissance et son incompréhension.

« Mais pourquoi n'avait-elle donc pas de journal intime, comme il est souvent de coutume à cet âge, afin d'apporter ne fût-ce qu'un début de réponse !? » avait soupiré Dora en regardant Célestine quitter le parloir.

Et là, face à son fils qui s'approchait d'eux, totalement détruit, elle se sentait aussi démunie et égarée que l'était le président, sa tête entre les mains, dans l'antichambre où il venait de se retirer.

Tous les quatre se dirigèrent dans un silence monacal vers l'entrée du palais. Hippolyte s'était retenu en toute dernière seconde de leur lâcher le « Vous voyez, je vous l'avais bien dit ! » qui l'habitait depuis l'arrestation de Célestine. Et il avait, sans conteste, bien fait.

Son épouse lui aurait à coup sûr demandé le divorce pour ces quelques secondes d'inadvertance et il aurait perdu définitivement son seul fils. Il s'en était donc cette fois vraiment fallu de peu pour qu'il ne commette l'irréparable.

À quelques pas de l'imposante porte, ils s'arrêtèrent. Dora et Hippolyte mirent dans un élan conjugal leurs lunettes de soleil. Dora couvrit son fils du châle qu'elle avait pris soin d'apporter. Il se laissa faire comme un enfant. Elle l'entoura de ses bras et ils sortirent, la tête en avant.

Et tels des taureaux dans une arène, ils tâchèrent d'opérer en tir groupé une percée parmi les micros tendus et les flashs crépitants.

* * *

Il est bien connu que l'amour a le pouvoir d'embellir même les plus malchanceux et d'illuminer chaque personne touchée par sa grâce.

La vue de Célestine était donc devenue un véritable sacrilège. Sublime de beauté et de sensualité, elle était une offense pour les femmes et un supplice de Tantale pour les hommes.

Pour vous faire une petite idée, nombreux étaient ceux qui voyaient en elle le sosie de Brigitte Bardot.

« Ses incroyables yeux verts la rendent peut-être même plus jolie encore ! » se disaient les hommes au bistrot.

Mais, contrairement à la Juliette de Vadim, Célestine n'avait nul besoin de s'allonger nue derrière des draps qui sèchent, d'avoir une robe mouillée collée au corps ou de danser un mambo lascif et endiablé pour tourmenter fiévreusement les esprits.

Célestine, par sa seule présence, avait commencé, sans le savoir, à porter atteinte à la vie privée des habitants du village. Des scènes de jalousie avaient vu le jour dans de nombreux foyers.

L'innocente Célestine était donc devenue l'image même du diable pour de très nombreux parents. Elle avait réveillé en eux leurs plus bas instincts, avait fait remonter à la surface la lie qui traînait dans leurs entrailles. Elle agissait sur eux tel un révélateur.

Des femmes se surprirent à avoir des envies de meurtre, certaines en rêvèrent même la nuit. Célestine leur rappelait l'injustice et l'insolence que représentait le hasard de la beauté, mais mettait surtout en exergue de la façon la plus impertinente (mais « pertinente » serait juste aussi) la fragilité de leur couple et donc, il va de soi, de leur vie.

Elles se sentaient, face à elle, laides, vieilles et sans attrait. Célestine les blessait dans leur amour-propre.

Si encore, elle avait été bête… mais sa réussite scolaire ne faisait que rajouter à sa magnificence déjà auréolée par le mystère.

Le viol n'était pas encore reconnu comme crime à l'époque de cette histoire, les hommes se sentirent donc « un rien » moins coupables des fantasmes ou délires nocturnes qui les assaillaient.

Beaucoup pourtant se remirent à faire l'amour à leur épouse. Certains y virent un exutoire, d'autres un moyen de se faire pardonner (ou encore celui de s'innocenter) leur regard égaré de la journée ou le frétillement incontrôlé de leur pantalon. Pour ces derniers, ils le faisaient donc comme des citadins auraient offert des fleurs. Quelques femmes en furent un temps apaisées, d'autres plus que jamais suspicieuses.

Chez les plus jeunes, le cas « Célestine » était vu sous un tout autre angle.

En effet, contrairement à leurs parents, les fistons voyaient plutôt en elle une fée. Tout d'abord, par son grand pouvoir de faire chavirer plus que jamais les cœurs mais aussi celui, non moins grand, de leur rappeler, sans avoir à y toucher, le bon fonctionnement de leur organe, de les rassurer sur leur virilité en herbe.

Certes, leur gaule matinale les avait déjà rassérénés quant à la chose mais qu'il était bon, se disaient-ils pour la plupart, de l'être encore les yeux bien ouverts.

Elle avait fait naître chez eux de très nombreux fantasmes, dont le plus grand était sans conteste celui de pouvoir l'amener à l'autel et lui passer la bague au doigt.

Chez les filles, Célestine générait des réactions encore bien différentes.

Certaines étaient, bien évidemment, habitées par la même amertume que leur génitrice, mais la plupart d'entre elles voyaient en elle une icône, un modèle.

Et comme il est tout aussi connu que ce couloir qu'est l'adolescence a besoin de lumières afin d'éclairer les errances de ses nombreux et jeunes pèlerins, qui eux ont besoin de représentations propices à leur construction identitaire, Célestine permettait donc à ses petites congénères de s'auto-évaluer et de perfectionner leur apparence. Beaucoup tentèrent de l'imiter. Mais comme il va de soi que n'est pas Célestine qui veut, quelques-unes s'étaient mises à déprimer et la haine de leur mère en était devenue d'autant plus grande.

Une d'elles pourtant échappait à tous ces tourments et projections. C'était Edith. Elle avait trop de personnalité pour se noyer dans la masse et elle comptait d'ailleurs bien sur celle-ci pour un jour remporter tout le succès que peut avoir une grande beauté.

L'amitié ne l'empêchait certes pas d'avoir quelquefois de petits pincements de jalousie ou d'envie (elle ne savait pas trop et ne s'attardait pas d'ailleurs sur la chose), mais ils étaient bien rares et surtout très furtifs, et sans aucune conséquence sur le lien qui les unissait.

Et puis si ceux-ci la prenaient quelquefois, c'était surtout quand elle songeait à la grande chance qu'avait Célestine d'avoir un petit copain tel qu'Adrien. Aucun garçon ne lui plaisait en effet au village. Elle les utilisait juste pour se faire la main, en abusait même souvent. En bref, ce n'était pas le romantisme qui l'étouffait. Mais peut-être voyait-elle dans ses agissements une petite revanche ou vengeance sur leurs cruautés enfantines ? Ne dit-on pas de cette dernière qu'elle est un plat qui se mange froid ?

Quand toutes les deux se rendaient au village bras dessus bras dessous, c'étaient donc regards fascinés et railleries qui escortaient leur passage.

Surtout qu'Edith avait pour habitude, les cours terminés, de courir enfiler une de ses nombreuses jupes inventées quelques années plus tôt par Mary Quant. Ce morceau de tissu qui ne devait pas excéder dix centimètres sous les fesses pour mériter l'appellation de « mini-jupe » mettait, à n'en pas douter, merveilleusement en valeur ses longues jambes d'antilope. « Il n'y a aucune raison de s'en priver », pensait-elle bien souvent. « Et est-ce que je critique, moi, les garçons qui se sont mis à laisser pousser leurs cheveux ? » se disait-elle aussi quelquefois.

Contrairement à son amie, Edith avait parfaitement conscience de ce qu'elle provoquait mais cela lui glissait dessus comme des gouttes d'eau sur les ailes d'un canard.

Ayant été à bonne école, sa carapace était en effet devenue bien solide. Rien ni personne ne parvenait à se faufiler dans le moindre interstice. Pas même ses parents qui lui faisaient de temps à autre tristement, mais surtout peureusement, remarquer l'affreuse réputation qui lui collait à la peau.

Mais avait-elle bien fait d'agir de la sorte à l'égard de Célestine ? Aurait-elle dû prévenir son amie qui, éternellement sur son nuage, ne s'était pas rendu compte de ce que son physique engendrait ? Surtout que ce n'était pas la Berthe, qui n'avait jamais prêté attention au qu'en-dira-t-on, et qui avait tout aussi souvent la tête ailleurs, qui aurait pu le faire. Cela aurait-il changé quelque chose à son histoire ? se demandera-t-elle souvent au cours du procès.

* * *

— Il m'aime !

— Mais arrête donc de te fourvoyer ! Il est né coiffé, l'Adrien ! C'est vraiment compter les œufs dans le cul d'une poule ! Et tu crois que ces capitalistes vont accepter que leur fils chéri épouse une fille comme toi ! J'peux te dire que tu te mets vraiment le doigt dans l'œil et que tu te montes une fois de plus le bourrichon, ma p'tite ! Il est bien connu qu'on ne mélange pas les torchons et les serviettes ! Et puis que sait-on de l'amour à votre âge !?

— En tout cas plus que toi, tante Berthe !

La gifle fusa. Sanglante.

Toutes deux furent saisies par l'instant, ne sachant si c'était cette première attaque physique ou cette première insolence qui les avait le plus surprises.

Puis Célestine, pour la première fois aussi, la main sur la joue, avait soutenu le regard sibérien de sa tante avant de se décider à faire volte-face pour quitter la cuisine. Elle découvrit Aristide dans le vestibule, qui attendait sagement la fin de cette collision.

Elle ressentit plus que jamais pour son oncle du mépris, la pitié à son encontre n'était plus un sentiment qui l'habitait depuis belle lurette. Elle était passée devant lui comme on pourrait passer à côté d'un fantôme, pour se diriger vers la porte d'entrée. Elle l'avait ouverte et était sortie en la claquant d'un coup sec.

Il faisait déjà bien noir et Aristide voulut la rattraper. Berthe s'en aperçut.

— Laisse donc ! Ne t'en mêle pas ! cria-t-elle, hors d'elle. Elle a été battre la campagne et en reviendra quand elle sera calmée !

Et il s'était introduit dans la cuisine, tel un intrus en ces lieux, la tête rentrée dans les épaules.

Berthe s'était assise sur une chaise, un bras posé sur la table et l'autre pendant.

— Elle s'est mis martel en tête que l'Adrien allait l'épouser ! Elle va vraiment me rendre chèvre, cette petite !

— C'est elle qui te l'a dit ? se surprit-il à oser lui demander.

Et Aristide, connaissant le caractère bien secret de Célestine, s'étonna aussi qu'elle ait pu lui faire une telle confidence.

— Non... Mais je l'ai entendue en parler à Edith, marmonna-t-elle.

Puis, subitement, le faciès furieux et exaspéré de Berthe connut une étrange métamorphose. Aristide ne lui avait encore jamais connu un tel air jusque-là. Il se sentit bouleversé. Le visage de sa femme s'était en effet empli de mélancolie. « Oui, de la mélancolie, c'est bien cela ! » pensa-t-il alors. Et il la trouva plus belle que jamais.

— Ça va, ma chérie ? osa-t-il murmurer tout bas pour la première fois depuis des décennies. (Ce fut sans conteste la soirée des « premières ». Jamais la petite maison à l'ordre si bien établi n'avait connu jusqu'à ce jour un tel cataclysme.)

Berthe sembla ne pas l'entendre et sans doute en fut-il bien ainsi, ces doux mots ne pouvant plus mal tomber.

L'esprit de Berthe en effet s'était mis à vagabonder parmi les fleurs de la toile cirée, l'impertinence de Célestine ayant réveillé en elle des choses qu'elle avait crues depuis longtemps oubliées. Elle avait tant et tant essayé d'enfouir ce souvenir au plus profond de son être qu'elle s'étonna de cette résurgence.

Elle se revit jeune fille au bras de Charles, qui avait un temps fait battre son cœur (et le mot est bien faible), qui lui avait fait mille promesses avant de s'enfuir à Paris, la veille de ses vingt printemps, et dont elle n'avait plus jamais eu de nouvelles. Et là, sur cette chaise, face à Aristide, elle repensait à cette fièvre de cheval qui s'était ensuite emparée d'elle et dont le médecin n'était pas parvenu à trouver la source. Mais elle revoyait aussi et surtout sa mère adorée, morte d'inquiétude à son chevet, pour laquelle elle avait tout fait pour se remettre sur pied.

Et c'est pourquoi elle n'avait plus voulu depuis lors s'embarrasser de sentiments vains et inutiles. « Si c'est pour que cela se termine dans de telles déceptions et de telles douleurs, le jeu n'en vaut vraiment pas la chandelle ! » s'était-elle dit au lendemain de sa convalescence.

Il était donc hors de question pour elle que Célestine ait à affronter de telles désillusions et qu'elle-même ait à revivre les frayeurs de sa mère... Comme quoi, il y a bien souvent une raison aux choses !

Le repas s'était passé dans un silence religieux. La télévision était restée exceptionnellement éteinte. Une première aussi depuis 1956. Seul le bourdonnement d'une mouche s'était fait entendre. Aristide n'avait pas un instant touché à la bouteille. Il avait voulu ménager son épouse, mais surtout faire durer cet état de grâce qui était un vrai régal pour ses yeux.

Il aimait sa femme. Aussi loin qu'il pouvait s'en souvenir, il l'avait toujours aimée et avait toujours voulu la rendre heureuse. Il lui avait toujours été impossible d'imaginer la vie sans elle. Raison pour laquelle il avait toujours tout subi. Il se trouvait déjà bien chanceux qu'elle ait bien voulu un jour l'épouser.

Il avait tout sacrifié pour cela : ses désirs et le peu de personnalité qui l'avait un jour habité.

Il l'aimait mal. Certes, très mal. Mais c'était la seule façon qu'il avait trouvée face à son indomptable Berthe : lui offrir sa soumission totale. À chacun sa façon d'aimer. C'était la sienne.

Il ne l'avait d'ailleurs jamais trompée. Cette pensée ne l'avait même pas un seul instant traversé.

La seule qui pouvait avoir des allures de maîtresse était la bouteille. Celle-ci, comme vous le savez, l'avait bien aidé à la mort de son âne Gaspard et depuis elle s'était accrochée à lui telle une sangsue. Il essayait pourtant souvent de la chasser. Il y arrivait quelquefois. Mais, pour sa défense, elle était bien tenace, la diablesse.

Il avait toujours contenu les ardeurs que lui avait inspirées son épouse. « Sache que les plaisirs charnels, ce n'est pas mon truc », lui avait-elle annoncé le jour où il avait demandé sa main, lui signifiant ainsi la condition *sine qua non* avant tout autre contrat chez le notaire. Berthe ne l'avait donc jamais en rien trompé quant à la marchandise.

Certes, au début, Aristide avait bien eu droit à quelques nuits où elle s'était donnée à lui les bras en croix. Puis, rapidement, il en avait passé d'autres bien plus agitées à peloter les énormes nichons de son épouse et à forniquer avec elle dans ses pensées. Mais, avec le temps, même celles-ci s'étaient mises doucement à s'estomper.

Il ne ressentait plus, cette fois, pour sa femme que de l'amour et de la dévotion.

Il était donc entré dans cette histoire comme d'autres en religion. À chacun son dieu.

* * *

« Qu'est-ce que j'aime cette maison », se disait chaque fois Célestine quand elle rentrait dans la cour. Cela faisait plus de deux ans que le chantier était terminé et elle était toujours aussi envoûtée par l'ambiance feutrée de cette demeure qu'elle trouvait splendide.

« Le Clos des Lilas » était en effet d'un goût plus que certain et ne pouvait en rien être taxé de l'expression « nouveau riche ». Bon, il est vrai que la réputation de fortune n'était plus à faire dans cette famille depuis des générations… Mais quoi qu'il en soit, il n'était pas à la portée de n'importe quel nanti d'arriver à un tel résultat ! Meubles anciens et contemporains vivaient en parfaite harmonie entre ces murs peints dans des couleurs si subtiles que Célestine n'avait pu, jusque-là, en relever de telles dans la nature.

De nombreuses fenêtres étaient ouvertes et Célestine entendit Eglantine, la fille aînée, faire ses gammes. Ses parents, afin de ne plus avoir à supporter les doléances de leurs voisins, avaient fait venir le piano de l'avenue Foch. « Déjà que nous avons à endurer ses notes ! » lui avait expliqué Adrien en riant.

Tandis que sa tendresse pour Capucine ne faisait que grandir, Célestine supportait de moins en moins cette sœur. Elle la trouvait aussi pisse-vinaigre que son père et aussi épineuse que la fleur qu'elle incarnait. Leur rapport était des plus médiocres et l'animosité d'Eglantine à l'égard de Célestine n'avait fait que croître au constat qu'aucune de ses piques ne semblait vouloir la toucher.

Certes, la prétention sociale d'Eglantine était assurément pour quelque chose dans son antipathie mais peut-être aussi que Célestine lui rappelait la grande injustice de ne pas avoir hérité des gènes de la beauté de sa mère.

Odette, la femme de ménage, surnommée au village « la Joconda » en raison de son étrange sourire, dont tout un chacun se demandait ce qu'il pouvait bien cacher (Edith, Célestine et Berthe savaient, à n'en pas douter, que c'était de la méchanceté), l'avait vue par la fenêtre et était venue lui ouvrir.

— Bonjour, Célestine. Comment va ? lui avait-elle lancé avec son inséparable et perfide rictus, tout en se penchant vers elle.

Célestine avait répondu avec détachement à ses salamalecs en évitant habilement son bisou qui lui avait toujours paru en être un de Judas.

— Monsieur Adrien est dans sa chambre.

— Merci, Odette.

Célestine l'avait-elle vexée par sa froideur affichée ? Odette avait-elle pris son attitude pour de l'arrogance ? Célestine lui avait à peine tourné le dos qu'elle murmura :

— Dis… C'la m'a tout l'air d'être une affaire qui tourne, vous deux ! Tu sais t'y prendre, ma p'tite ! On peut vraiment dire que tu as le cul bordé de nouilles… Aah, et quel magnifique passeport que la beauté ! avait-elle encore soupiré tandis que Célestine, qui semblait n'avoir prêté aucune attention à ses remarques, s'avançait déjà dans le hall, telle une souris.

La porte du salon était entrouverte et Hippolyte la vit passer. Il lui fit un petit signe de la main afin qu'elle le rejoigne.

Elle s'avança, hésitante. Son geste lui avait subitement rappelé celui du curé dans la sacristie et cette réminiscence lui donna froid dans le dos.

Et c'est sans un bonjour, ni autre forme de préambules, qu'il lui lança :

— Pourquoi vous méfiez-vous de moi, Célestine ?

— Je ne me méfie pas de vous, monsieur ! Je sais juste que vous ne m'appréciez pas ! se surprit-elle à lui répondre.

— Ce n'est pas que je ne vous apprécie pas, comme vous dites…

Hippolyte sembla un instant chercher ses mots puis reprit :

— Je pense seulement que vous n'êtes pas faite pour mon fils !

C'était la seule formule qu'il avait trouvée pour lui signifier : « Nous ne venons pas du même monde. »

Célestine n'eut pas le temps de répliquer. (Et heureusement d'ailleurs ! Car elle n'aurait sans doute pas su quoi lui répondre.)

Au même moment, Dora était en effet entrée dans la pièce et, impériale, avait foudroyé son mari du regard avant de se tourner vers Célestine.

— Bonjour, Célestine ! lui dit-elle en redoublant de gentillesse afin de tenter de rattraper la muflerie de son mari.

— Bonjour, madame.

— Adrien est là-haut, poursuivit-elle avec tout autant de délicatesse, en pointant son index vers le plafond.

— Je sais. Merci, madame, fit Célestine en dodelinant légèrement de la tête afin de lui montrer sa reconnaissance.

Puis elle sortit du salon. Aussi mal à l'aise qu'elle y était entrée.

Une fois seule avec son mari, Dora alluma une cigarette, releva ensuite son joli visage et, de derrière sa fumée, se mit à toiser son mari.

— Eh bien, on peut dire que ce sont les grandes manœuvres, mon cher ! Ne pourriez-vous pas laisser cette petite tranquille !? Que donc vous a-t-elle bien fait pour mériter une telle hargne !?

— Oh, ne faites pas l'innocente, Dora ! Vous savez très bien ce que j'en pense ! Avec vous, tout le monde il est beau, tout le monde il est gentil !

— Arrêtez, Hippolyte ! Je vous savais bêcheur mais là, votre snobisme vous rend bien petit, bête et méchant ! Je n'aime pas vous voir avec ce visage ! Et je dirais même plus : vous me faites carrément honte !

Hippolyte sembla pétrifié. Sa femme lui aurait demandé le divorce que sa mine n'aurait sans doute pas été très différente.

Le vouvoiement permet indéniablement d'exprimer les choses avec délicatesse et politesse, mais a tout autant le grand pouvoir de rendre certains propos plus durs encore qu'ils ne seraient avec le tutoiement.

Jamais son épouse ne lui avait parlé ainsi.

L'extravagante Léopoldine, la mère d'Hippolyte, qui s'était prise d'amour pour cette maison de campagne et y passait la plupart des week-ends, avait tout entendu et s'était introduite dans la pièce avec Kafka, son inséparable chihuahua lové sous son bras, en se faisant annoncer par le cliquetis de ses bijoux, son tout aussi fidèle aboyeur.

Et c'est sans se faire prier et avec autant de théâtralité qu'elle en avait l'habitude qu'elle s'était immiscée dans la conversation.

— Je vous ferai remarquer, mon cher Hippolyte, que si j'avais été snob, vous ne feriez pas, et à coup sûr, partie de ce monde ! rappelant ainsi les origines un rien moins glorieuses que les siennes de feu son mari.

Il fut une nouvelle fois médusé. Il savait que sa mère ne le vouvoyait que quand il l'exaspérait totalement. C'était sans doute sa façon bien à elle de tenter de rester polie et de ne pas se défaire, ne fût-ce qu'un instant, de sa légendaire élégance.

— Et je n'aurais d'ailleurs jamais passé de si belles années ! avait-elle vite ajouté avec un soupçon de nostalgie dans la voix, tout en caressant d'une main molle les poils de son Kafka.

Hippolyte crut à un complot et Léopoldine releva à cet instant le petit frémissement involontaire de ses lèvres qu'elle lui connaissait depuis sa prime enfance en cas de réprimande. Sachant qu'elle tenait le bon bout, elle avait poursuivi :

— Mais de qui donc tenez-vous cette étroitesse d'esprit ? Ce n'est nullement ainsi, si ma mémoire est bonne, que Théophile et moi vous avons élevé ! Et puis arrêtez donc de paniquer : ce n'est pas parce que Adrien voit en elle sa future femme que les noces se feront. Je me permets de vous rappeler qu'ils ont respectivement dix-huit et seize ans… et qu'il peut se passer beaucoup de choses jusqu'à ce bien hypothétique événement !

Léopoldine ne croyait pas alors si bien dire.

Dora connaissait son fils et savait pertinemment qu'il n'existait quasi aucune chance qu'il puisse un jour changer d'avis.

Hippolyte, contrairement à Aristide, avait un fort caractère, mais Dora savait que la passion que son mari lui portait lui ferait arrondir les angles. C'était juste une question de patience. Elle l'aimait sans conteste aussi, mais avec cette intelligence toute féminine qu'ont certaines à savoir s'y prendre. Elle l'aimait donc d'un amour un peu plus calculé. Et comme le bonheur d'Adrien lui importait plus que les bougonnements d'Hippolyte, le choix avait été vite fait. Elle avait d'ailleurs déjà prévu quelques bouderies en cas de récidives ou même une grève du sexe si celles-ci n'arrivaient pas à suffire. Les grandes causes appelant parfois les grands moyens.

La pilule serait certes plus compliquée, elle le savait déjà, à faire passer qu'en d'autres occasions, mais elle ne douta pas un seul instant de son épilogue. Elle en sortirait gagnante. L'amour d'une mère peut parfois être sans limites et quelquefois aussi permettre de surmonter des montagnes… Et c'était bien ici le cas.

Et puis elle l'aimait bien, la Célestine. L'esthète qu'elle était appréciait, au-delà de sa grande beauté, sa grâce hors du commun, mais plus que tout elle avait foi en elle et en l'amour qui l'unissait à Adrien.

— Elle est plus que ravissante, la petite ! avait alors sorti Léopoldine.

— Certes ! avait répondu son fils, ne pouvant nier l'évidence.

— Et elle a un pouvoir d'adaptation qui en sidérerait plus d'un ! Elle est fine, gentille et pas dépourvue d'intelligence. Et elle ne semble pas le moins du monde être intéressée par l'argent. Que demander de plus, mon cher !? avait enchéri Dora.

— Sur votre dernier point... Qui vivra verra ! Vous savez pertinemment qu'on y prend très rapidement goût !

— Que diable ! Quelle est donc cette nouvelle manie que vous avez de voir tout en noir !? Et puis vous savez quand même bien qu'avec les « si », on mettrait Paris en bouteille ! avait-elle répliqué sur le même ton exaspéré que sa belle-mère.

— Mais vous imaginez un mariage avec la grosse Berthe et son abruti de mari parmi nos invités !? To-ta-le-ment impensable !

— Mais qui donc vous demande, le cas échéant, de faire un mariage mondain !? avait objecté Dora.

Hippolyte fit semblant de ne pas entendre la réflexion de son épouse. Il s'approcha de la fenêtre, mit les mains dans les poches de son pantalon à pinces flambant neuf et jeta un regard vide vers le jardin.

— Vous verrez... Ça se terminera mal, cette histoire !

— Oh, et puis vous me fatiguez, Hippolyte ! lui avait envoyé Léopoldine en sortant de la pièce comme elle était venue, dans le tintinnabulement de sa Haute Quincaillerie.

— Et moi aussi d'ailleurs ! avait enchaîné Dora en suivant sur-le-champ sa belle-mère dans une démarche moins nonchalante qu'elle en avait l'habitude.

Hippolyte resta donc seul dans le salon, désappointé. Il y avait certes de quoi : Léopoldine et Dora étaient les deux amours de sa vie. Il alla se servir un scotch tandis que Dora s'était déjà enfermée dans son atelier pour fuir un temps cette réalité et pour marquer sans doute déjà aussi sa première bouderie.

À l'étage, Célestine, qui n'avait pas pour habitude de raconter ses déboires à Adrien, le fit pourtant pour ce qu'elle venait de vivre.

Il lui passa une main rassurante et pleine d'amour sur la joue.

— Ne t'inquiète pas, ma chérie ! Tu sais quand même bien que mon père est fou de ma mère et qu'il lui passe tout. Et que ma mère est folle de moi et qu'elle me passe tout !... Et qu'il n'y a donc aucune raison de s'en faire !

Certes, Célestine le savait. Capucine l'en avait d'ailleurs en quelque sorte informée au cours de leur première promenade. Elle lui avait dit en riant, mais non sans une pointe de chagrin dans la voix : « ... et Adrien est le chouchou à sa maman. »

Célestine fit jurer à Adrien de ne rien dire à ses parents quant à ce désagréable et très furtif tête-à-tête. Ce qu'il s'empressa de faire.

— Je t'aime. Je t'aime tant, si tu savais..., lui dit-il, sa promesse terminée.

— Je sais, Adrien. Je t'aime tant, moi aussi, lui répondit-elle en se blottissant tendrement dans ses bras.

* * *

Célestine et Adrien auraient pu être, à n'en pas douter, deux personnages d'un roman de Jeanne Bourin.

Cela faisait deux ans qu'ils s'étaient embrassés pour la première fois et jamais encore ils n'avaient fait l'amour.

Et ce n'était pas la Berthe, qui avait fait comprendre à Célestine qu'il fallait préserver sa virginité jusqu'au mariage, qui était pour quelque chose dans cette abstinence.

Célestine aimait tout simplement l'idée d'étaler les plaisirs et de pouvoir prolonger les voluptés. De ne pas asphyxier leur sexualité qui, ils le savaient tous les deux, avait encore une longue vie devant elle.

Dans cette traversée du désir remplie de délicieux vagabondages, elle avait murmuré à l'oreille d'Adrien qu'à ses dix-huit ans elle s'ouvrirait à lui.

Célestine était donc, sans le savoir, comme ces femmes d'un autre temps qui avaient l'art de se faire désirer.

Bien sûr, Adrien avait souvent de furieuses envies qui l'assaillaient. Il brûlait de désir pour elle, chaque parcelle de son corps étant un joyau qu'il ne se lassait pas de contempler et d'admirer. La voir nue était pour lui une délectation de chaque instant. L'odeur de sa peau l'enivrait et la toucher n'était qu'envoûtement.

Mais il aimait pourtant l'idée qu'elle l'oblige à contenir ainsi sa passion.

Cet amour lui paraissait d'autant plus sublime, leur avenir d'autant plus lumineux et plein d'espoir. Sa retenue était la promesse de nombreux plaisirs encore à venir. Elle donnait ainsi à leurs ébats le parfum d'un baiser infini.

Il savait qu'elle l'aimait et qu'elle le désirait tout autant. Il le sentait dans chacun de ses gestes et frémissements, dans chacune de ses respirations. Il savait l'effort que cela lui demandait parfois de ne pas être pénétrée pour ne faire, ne fût-ce qu'un instant, qu'un seul corps avec le sien.

Ce contrôle sur cette partie animale de notre être les rassurait sans doute aussi : il leur apportait en quelque sorte la preuve qu'ils ne flancheraient pas face aux tentations que peut offrir la vie.

Ils s'aimaient donc de cet amour courtois afin d'atteindre la joie et le bonheur pur. Ils s'aimaient avec tendresse, passion, sensualité, respect et raison.

Et, contrairement aux adultes qui les entouraient, aucun rapport de force n'avait cours entre eux.

Que pouvaient-ils demander de plus à l'amour ?

* * *

— Très bien ficelé ! Mais arrête donc ton char ! Tu me contes des fagots ! On t'a vue ! brailla Berthe, une main dans la poche de son tablier, prête à en extraire la preuve irréfutable.

— Je te le jure !

— Mais combien de fois ne t'ai-je donc pas déjà demandé de n'pas jurer !?

— Alors, crois-moi sans que j'aie à le faire !

— Et impertinente en plus d'être menteuse ! maugréa-t-elle en sortant la photo d'une main et en lui donnant une tapette de l'autre. Et c'la, c'est quoi ? C'est la reine d'Angleterre qui est à côté d'Edith ?

Célestine commençait à être habituée aux claques de sa tante et elle la regarda donc de ces yeux qui disent « Même pas mal ! ».

Berthe, offusquée par cette seconde insolence, et sans doute égarée face à son impuissance, s'adressa dès lors au Tout-Puissant.

— Grand Dieu, mais Grand Dieu, qu'ai-je donc fait pour mériter cela !? ronchonna-t-elle en levant les bras au plafond.

— Mais je ne t'ai pas dit que je n'avais pas touché à cette cigarette, tante Berthe ! Je t'ai juste dit que j'avais essayé, que cela m'a tout de suite dégoûtée et que je l'ai immédiatement rendue à Edith. Tu ne m'écoutes jamais quand je te parle !

Berthe sembla une fois de plus ne pas l'entendre et, mécaniquement, se dirigea vers la cuisinière.

— Et au fait ! C'est quoi cette histoire de journalisme à Paris dont je t'ai entendue parler à Edith ? lança-t-elle à brûle-pourpoint en se retournant légèrement vers Célestine, son bras levé, prête à goûter son ragoût hebdomadaire.

— Ben… C'est ce que j'ai l'intention de faire après l'école !

— Ah, bon ? Et qui va payer tout cela ?

— La mère d'Adrien s'est proposée de le…

— Quoi !? C'est une plaisanterie, j'espère ! s'écria Berthe en redéposant sur-le-champ sa cuillère en bois dans la marmite et en faisant volte-face vers Célestine.

— Mais, tante Berthe, où est donc le mal ? Si cela lui fait plaisir de m'aider à atteindre mon rêve ! Tu le dis toi-même : ce n'est pas vous qui pourriez le…

Célestine n'eut pas le temps de terminer sa phrase. Sa tante s'était remise à beugler :

— Se faire entretenir ! Mais quelle honte ! Est-ce donc comme cela que je t'ai éduquée !?

Berthe, qui semblait être en proie à une véritable colère, se dirigea vers la table et prit une chaise sur laquelle elle se laissa tomber, les bras ballants.

— Et ingrate en plus !… Après tout ce que j'ai fait pour toi ! maugréa-t-elle.

Firmin, le facteur, comme il en avait l'habitude, toqua à la vitre et Berthe se leva pour aller lui ouvrir la fenêtre.

— Et puis toutes ces dépenses pour ne même pas savoir ce qu'il en sortira ! Pfff… Du grand n'importe quoi ! marmonna-t-elle sur le court chemin qu'elle avait à faire.

Célestine n'eut donc pas le loisir de lui sortir les slogans de Mai 68 qu'elle avait en tête.

— Merci, Firmin ! lui dit-elle en prenant son courrier. Et désolée de ne pouvoir faire un brin de causette mais là, il y a la p'tite qui fait encore des siennes et j'ai donc du pain sur la planche !

— Oh, ne t'en fais pas, Berthe ! J'sais trop bien ce que c'est avec mon Loïc ! lui répondit-il en enlevant sa casquette afin de se gratter la tête.

Puis en la remettant, il ajouta :

— Aah, les enfants, ce n'est vraiment plus ce que c'était ! Tout part en vrille d'nos jours !

— À qui le dis-tu ! Elle va me rendre hystérique cette petite ! Plus aucun sens des valeurs ! Et en plus, c'la se permet de ruer dans les brancards ! J'aurais fait le quart du dixième à ma mère…

Ils se regardèrent avec compassion. Firmin referma sa besace, Berthe la fenêtre et revint vers Célestine.

— Et où irais-tu donc loger ?… Sous les ponts ? Il est bien connu que la capitale coûte une fortune !

Ce fut cette fois bien timidement que Célestine lui murmura :

— La mère d'Adrien m'a dit aussi que je pourrais occuper leur chambre de bonne…

— La chambre de bonne !? s'étrangla-t-elle.

Il y eut quelques secondes où elle en resta muette de stupéfaction avant de se remettre à hurler :

— Mais sacrebleu ! N'as-tu donc aucune fierté !? Après cela, ils te demanderont de la payer en faisant des ménages ! C'est cousu de fil blanc !

— Mais non, tante Berthe ! Elle m'…

Célestine fut à nouveau coupée net dans son élan.

— Naïve que tu es ! Et toi, tu crois tout ce que l'on te raconte ! Mais on n'a rien sans rien, ma p'tite ! Tout le monde le sait !

Fatiguée par ce dialogue de sourds, Célestine décida de laisser sa tante fulminer toute seule devant ses fourneaux et d'emprunter le geste de sa tante : celui de balayer l'air de la main.

— Eh bien, t'auras qu'à t'en prendre qu'à toi-même si c'la tourne mal ! lui cria encore Berthe quand elle sortit de la cuisine.

Célestine tomba une fois de plus sur Aristide qui, comme à son habitude, attendait sagement la fin de l'orage.

— N'faut pas lui en vouloir… C'est parce qu'elle t'aime qu'elle est dure avec toi, lui chuchota-t-il avec son air de chien battu.

Elle se contenta de hausser les épaules et Aristide, penaud, entra dans la pièce.

— Et toi, bien sûr, comme d'habitude, tu as tout entendu et tu n'dis rien ! lui balança la Berthe, hors d'elle, avant d'aller pousser sur le bouton du téléviseur.

Le fou rire de Denise Fabre eut pour effet de quelque peu la calmer et Berthe sentit à nouveau la culpabilité monter doucement en elle. Son sang arrêterait-il donc un jour de l'emporter ?

Encore une fois, elle n'avait eu nullement l'intention de la traiter ainsi.

Bien sûr qu'elle était vexée, voire très offensée, mais elle savait plus que tout que la petite, partie à Paris, allait lui manquer.

Il avait bien fallu qu'elle finisse par se l'avouer : elle aimait Célestine comme sa fille. Et comme, pour sa part, elle n'aurait jamais songé un instant à s'éloigner de sa mère, elle se trouva d'autant plus chagrinée par ce désir d'émancipation.

Célestine, claquemurée dans sa chambre, afin de tenter d'oublier cette scène, s'était replongée dans le roman *La Demoiselle d'Avignon* dont elle avait loupé le dernier épisode à la télévision.

« Aah, si j'avais pu avoir une sœur ou une mère comme Koba ! » soupira-t-elle tristement.

Marthe Keller était sa référence féminine absolue et sa photo avait complété sa petite collection, déjà enrichie depuis bien longtemps par celle d'Adrien. Son tiroir se remplissait donc petit à petit... Mais comme d'autres tapissaient leur chambre de posters !... Et il n'y a donc aucune raison ici de s'en moquer !

* * *

Tous les garçons respectaient Célestine. Sauf un : Loïc, le fils de Firmin.

Mais il était bien connu au village qu'il ne respectait rien ni personne, qu'il était un sans foi ni loi ou encore de la mauvaise graine, comme disait souvent Léonore, sa mère, sur un air de reproche à son mari.

— Mais pourquoi donc Firmin et moi n'avons-nous pas fait l'amour la veille ou le lendemain ? J'suis certaine que l'on n'aurait pu faire que mieux ! avait-elle soupiré un jour devant Arlette pendant qu'elle lui faisait sa couleur.

— Comme quoi, il n'y a pas que l'adoption qui soit périlleuse ! lui avait-elle répondu, en se réjouissant plus que jamais de n'avoir jamais eu d'enfant.

Loïc, aussi loin que sa mémoire pouvait remonter, avait toujours vomi ses parents. Il les trouvait minables. Il considérait aussi les femmes comme des objets et les villageois comme des gros cons. Il n'avait rien pour lui mais s'était pourtant toujours cru au-dessus de la mêlée.

Son père l'avait souvent tiré par l'oreille (toujours la même et qui d'ailleurs en avait gardé des séquelles : elle était légèrement plus décollée et surélevée que l'autre) pour le remettre à sa place. Mais en vain. Cela n'avait jamais servi à rien.

Puis les premiers poils au menton et boutons venus, mais surtout quand il se mit très rapidement à fameusement dépasser son père, Firmin n'avait eu d'autre moyen que de capituler.

Ce fut dès lors le fiston qui se mit en tête de dompter ses parents. Il leur parla mal, comme à des êtres sans cervelle. Il lui arrivait, entre autres, de les menacer avec des objets divers et en tous genres, s'ils ne se comportaient pas comme il l'entendait.

Le résultat ne se fit pas attendre : Firmin et Léonore se retrouvèrent très vite totalement terrorisés par le monstre qu'ils avaient engendré.

Il était devenu un de ces cas que l'on peut considérer, souvent à juste titre, comme irrécupérables si la grâce de Dieu n'intervenait pas.

Loïc avait un acolyte au village : Bastien.

Bastien était aussi dépourvu de personnalité que les limaces le sont de vertèbres. Il avait six ans quand il s'était senti très flatté, et même très honoré, que le caïd de l'école s'intéressât à lui. Cela faisait donc plus d'une décennie que, tel un disciple, il le suivait partout et adhérait à la moindre de ses fatuités.

Leur grand passe-temps (ils ne trouvaient que cela pour s'occuper) était d'emmerder les habitants du village, ce qu'ils avaient décidé une fois de plus de faire la veille de la prise de bec entre Berthe et Célestine qui vient d'être rapportée.

Ils venaient tout juste ce jour-là de hurler quelques gouailleries devant la fenêtre d'Adolphe Lallemand, quand ils croisèrent Edith et Célestine dans la rue principale. Elles étaient en train de rire en marchant bras dessus, bras dessous quand ils les apostrophèrent.

— Salut, les filles ! Alors ? On tapine ? leur avait lancé Loïc.

— Va te faire foutre ! lui avait immédiatement répondu Edith.

L'abject binôme s'était pourtant approché.

— Oh, toi, ne joue pas ta mijaurée ! Tout l'monde sait bien qu'il n'y a que le train qui ne te soit pas passé dessus, que tu n'es qu'une p'tite traînée et une sale p'tite allumeuse ! lui balança Loïc en mâchant plus fort encore son chewing-gum, tout en essayant de lui soulever sa mini-jupe.

— C'est plus fort que toi, hein ? Il faut toujours que tu fasses ton malin ! lui rétorqua-t-elle en tapant énergiquement sur ses mains.

Loïc lui saisit alors férocement les poignets.

— Si tu crois que tu me fais peur ! lui sortit-elle en le fixant droit dans les yeux, qui, par chance, étaient à peu de chose près à sa hauteur.

Loïc sembla quelques secondes déstabilisé. Puis il la lâcha.

— Et d'ailleurs, ce n'est pas toi qui m'intéresse... c'est la Célestine ! marmonna-t-il en s'approchant d'elle avec son air de vicelard, en jouant avec sa langue.

Il en perdit son chewing-gum, qu'il n'arriva pas à rattraper au vol.

— Allez, donne-moi donc ce bécot que je t'ai déjà demandé ! C'la ne mange pourtant pas de pain ! lui dit-il en indiquant sa bouche avec son index.

— Fiche-lui donc la paix ! lui enjoignit Edith.

À quelques mètres de là, un petit attroupement de jeunes assistait à la scène et Willy, malgré la trouille incommensurable qui lui emplissait le ventre, décida de s'avancer en grand sauveur. (Et il est quand même ici à rappeler qu'il n'existe pas de courage sans peur !) Sa reconnaissance à l'égard de Célestine n'était pas descendue d'un iota depuis le triste jour de sa confirmation.

— Toi, on ne t'a pas sifflé ! Laisse ta graisse là où elle est ! lui lança Loïc en le repoussant d'une main brusque.

Malgré son poids certain, Willy tomba sur le sol, le cul par terre, et Bastien se mit à s'esclaffer.

— Laisse, Willy ! lui dit alors Célestine, aussi maternellement qu'elle en avait pris l'habitude avec lui. On va se débrouiller sans toi, lui assura-t-elle en essayant de l'aider à se relever et en lui faisant comprendre de faire demi-tour.

Loïc en profita pour sortir la photo de sa poche et la tendit ensuite vers Célestine, tel qu'il l'aurait fait avec une carotte.

— … Tu vois ce que je vois ?… Je ne sais pas trop ce que la Berthe va en penser… Mais mon petit doigt me dit que c'la ne va pas être du gâteau ! Pourtant, je vais être grand seigneur : si tu m'embrasses, on classe l'affaire !

Célestine, malgré son haut-le-cœur face à ce visage qui lui répugnait, resta impassible et se para de son regard impénétrable qui, elle le savait, était sa grande force.

— T'inquiète, Célestine ! N'aie pas peur de ce chantage ! T'auras qu'à tout remettre sur moi ! Mes parents savent que je fume et n'en ont rien à foutre ! lui sortit Edith. (Enfin, c'est ce qu'elle pensait… Ils n'osaient simplement rien lui dire !)

Quand, au même moment, ils virent monsieur le maire accourant vers eux.

— Espèces de voyous ! Laissez-les donc tranquilles ! cria-t-il de sa voix pleine d'autorité.

Willy avait eu la présence d'esprit d'aller le prévenir.

Loïc, crépitant de colère, s'en retourna avec son cauteleux complice, en n'oubliant pas d'envoyer un geste vengeur et quelques propos vociférateurs.

Et c'est ainsi que le cliché avait terminé dans les mains de Berthe. Loïc l'avait mis dans une enveloppe après y avoir apposé le prénom de la tante en lettres minutieusement découpées et s'était dépêché d'aller la glisser sous la porte de cette dernière.

L'horrible fils du facteur s'était donc cette fois vêtu du costume de Maître Corbeau. Il avait sans doute espéré, au-delà de l'acte punitif, que ses prochaines menaces auraient quelque effet…

* * *

Un matin, Aristide était rentré dans la salle de bains sans frapper et depuis ce jour l'image du corps de Célestine le hantait.

Il la rejetait à chaque fois, il essayait par tous les moyens de la repousser, comme il l'avait si souvent fait avec la boisson, mais tout comme la bouteille, cette vision s'accrochait à lui telle une sangsue. Impossible de la chasser. Elle revenait pareille à ces refrains qui nous prennent et que l'on n'arrive pas à se retirer de la tête. Elle tournait en boucle. Elle l'obsédait et était devenue pour lui une véritable torture : Célestine avait réveillé sa libido, qu'il avait crue depuis si longtemps enterrée.

Aristide devenait fou et la Berthe ne semblait même pas s'en apercevoir.

Il n'osait plus croiser le regard de Célestine. Il le fuyait même. Et quand ces troubles pensées devenaient trop insoutenables ou qu'il sentait son sang battre trop lourdement son sexe, il s'en allait dans la campagne espérant y trouver un peu de paix. Bien souvent, il se soulageait derrière un arbre. Ce geste lénifiant ne l'empêchait pourtant pas de terminer ses escapades au bistrot, où il lui arrivait fréquemment de tomber de son tabouret, ivre mort.

Le ver s'était introduit dans le fruit et il n'arrivait pas à l'en sortir.

Jamais il n'avait autant caressé ses gros sourcils en bataille qui, face au miroir, lui semblaient être le reflet des tourments qui l'habitaient.

Souvent, l'envie le prenait de mourir pour mettre fin à ce supplice.

Mais il le savait : il était bien trop lâche pour concrétiser ce désir.

* * *

C'étaient les vacances scolaires. L'été flamboyait et ne semblait pas vouloir offrir le moindre souffle d'air.

La chair de Célestine était dorée par le soleil. Elle portait la robe rose poudrée qu'Adrien lui avait offerte (l'orgueilleuse Berthe en avait fait une maladie mais Célestine n'en avait eu cure), qui semblait avoir été cousue minutieusement sur elle. Elle accusait subtilement chacune de ses formes et mettait plus que jamais en valeur sa sensualité frémissante.

Capucine venait de passer pour la prévenir qu'Adrien viendrait la chercher avec une heure de retard.

— Il sera là à onze heures trente tapantes, m'a-t-il dit. Il doit aider Maman à tendre une toile sur un châssis à la hauteur de l'ambition qu'elle s'est fixée, lui avait-elle expliqué dans son ravissant petit rire. Mais comment fais-tu pour être à chaque fois plus belle ? Mon frère en a bien de la chance ! lui avait-elle sorti en la quittant et en la serrant affectueusement dans ses bras, comme elle en avait l'habitude.

Berthe, par subite envie de se faire coiffer, était partie chez Arlette et l'avait fait savoir à Aristide en partance pour ses champs.

De son côté, Célestine avait décidé de profiter du retard d'Adrien pour se préparer le petit déjeuner qu'elle n'avait pas encore eu le temps de prendre.

Aristide, qui avait oublié d'emporter sa bouteille d'eau, avait rebroussé chemin.

Célestine venait tout juste d'ouvrir le bac du frigidaire pour opérer tranquillement sa sélection parmi les fruits lorsque Aristide, arrivé dans l'embrasure de la porte, eut la vision de son corps penché et fut immédiatement fasciné, comme hypnotisé.

Son esprit s'était subitement arrêté de fonctionner et le primaire Aristide était devenu primate. Il ne vit plus Célestine. Il ne vit plus que ses fesses tendues comme une offrande. Il ne voyait plus que cela. Et tel un automate, il s'était avancé en débouclant sa ceinture et en ouvrant difficilement sa braguette. Son sang était arrivé massivement dans ses corps caverneux et, malgré l'alcool qui devait encore couler dans ses veines, avait rendu son sexe dur comme un roc.

Célestine, qui s'était mise à chantonner, ne l'avait pas entendu approcher et il fallut qu'il soit juste derrière elle pour qu'elle sente enfin sa présence. À peine avait-elle commencé à tourner son joli visage vers lui qu'il lui avait soulevé la robe, avait abaissé brusquement sa culotte et lui avait agrippé tout aussi prestement les mains qu'il avait plantées avec sa force de campagnard sur la dernière grille du frigidaire. Et il l'avait pénétrée d'un coup sec.

Saisie et tétanisée, Célestine avait été incapable de bouger.

Rapidement, il eut un râle puissant d'animal. Abyssal. Un de ces gémissements déchirant l'air, semblant contenir toutes les douleurs et les désespoirs du monde. Puis, après quelques soubresauts, il se retira de son corps, aussi vite qu'il y était entré.

Dans cette minute d'horreur, le sol s'était dérobé sous les pieds de Célestine. Elle avait entendu dans ce cri son monde s'arrêter. Tout lui sembla subitement mort en elle. Elle avait compris sur l'instant que plus rien ne serait plus jamais possible, que son avenir lumineux et plein d'espoir venait de s'effondrer.

— Je regrette, Célestine ! Je regrette ! Pardonne-moi ! s'était-il mis immédiatement à la supplier, les mains sur son visage, pleurant et hoquetant de tout son corps comme un enfant.

Célestine, qui s'était recroquevillée dans le coin à côté du frigidaire, était tapie comme une bête, la culotte encore sur les chevilles. Pas un pleur, pas un gémissement, pas un mot ne sortait de sa bouche. Juste un regard rempli d'effroi.

— Pardonne-moi ! n'avait-il pas arrêté de répéter entre deux sanglots tout en refermant mécaniquement la porte du frigidaire puis de ses mains tremblantes son pantalon, comme pour tâcher d'effacer la monstruosité de son acte.

Arlette n'avait pas pu s'occuper des cheveux de Berthe.

— Mme Rastignac arrive dans cinq minutes, lui avait-elle annoncé. Mais si vous patientez…

— Oh que non ! J'ai bien d'autres choses à faire ! lui avait-elle répondu en quittant le petit salon.

Elle était ensuite passée chez Mme Morel pour lui acheter une motte de beurre et, après lui avoir fait un brin de causette, s'en était retournée vers la maison.

Arrivée à la porte d'entrée qu'elle trouva grande ouverte, Berthe entendit Aristide pleurnicher et sentit, comme les bêtes flairent l'orage, qu'un drame venait de se passer. Elle s'avança avec angoisse vers la cuisine et c'est, les yeux exorbités et le corps comme momifié, qu'elle découvrit la sordide scène. Son sang, après s'être figé dans son corps, n'y fit qu'un tour.

Elle trucida Aristide du regard et se jeta en avant, bouillonnante de colère, comme un animal en furie, telle une lionne défendant ses petits. Elle saisit alors le premier objet à sa portée et se rua, hurlante, sur son mari. Et, tout en lui donnant tous les noms d'oiseaux que la terre peut compter, elle l'assomma. Encore et encore.

Aristide ne s'était pas défendu un seul instant. Pas un seul instant il ne l'avait implorée d'arrêter. Il avait juste levé les bras dans un réflexe tout naturel et émis quelques cris de douleur incontrôlables. Il s'était soumis à son châtiment, comme il s'était toujours plié à ses moindres désirs. Berthe mettait un point final à ses jours, ce qu'il n'aurait jamais eu le courage de faire. Tout était donc bien ainsi, s'était-il dit dans le seul éclair de pensée qu'il avait pu avoir.

Le flot rouge qui s'était mis à se propager sur le carrelage s'approchait cette fois doucement de Célestine. Elle en eut un léger sursaut, se plaqua un peu plus encore contre le mur et leva ensuite les yeux vers sa tante.

Une onde de terreur les avait paralysées dans un lourd silence et avait rendu l'œil de Berthe aussi hagard que celui de Célestine.

Quand, subitement, Berthe sembla prise d'un malaise. Elle paraissait suffoquer. Ses yeux, après avoir roulé comme des billes, s'étaient arrêtés de remuer. Sa bouche s'était ouverte comme si elle voulait exprimer quelque chose, mais celle-ci ne fit que se tordre dans une étrange grimace. Sa main se cramponna plus encore à la croix. Puis elle tomba. Étalée sur le sol, elle parut à Célestine aussi morte qu'Aristide.

Après être restée quelques secondes plus inerte encore de torpeur, l'adolescente arriva enfin à se relever. Elle remonta en vitesse sa culotte, se précipita vers sa tante, s'agenouilla, se plaqua cette fois contre son large torse et, après avoir tendu l'oreille, put percevoir un souffle de respiration. Elle se mit à la supplier de revenir à elle en la secouant autant que cela lui était possible. Mais elle n'arriva à rien, si ce n'est que le sang qui avait rejailli sur sa tante était devenu aussi le sien.

Elle était enfin arrivée à lui retirer l'objet du crime de son poing serré quand elle sentit une présence. Elle se retourna, le crucifix à la main, et aperçut Firmin, son nez collé contre la vitre, les yeux écarquillés d'effroi devant le carnage.

* * *

Adrien fut là cinq minutes avant l'heure dite. Il avait vu au loin l'attroupement autour de la maison et une ambulance s'en aller. Il avait accouru à en perdre haleine. Arrivé sur les lieux, haletant, il eut juste le temps de voir Célestine, encadrée de deux gendarmes, montant dans la fourgonnette.

Elle refusera toujours obstinément de le voir au parloir. Comment lui dire que cette larve d'Aristide l'avait souillée, l'avait profanée ? Qu'il était passé avant lui dans son corps ? Dans ce corps qu'elle lui avait toujours si précieusement réservé. Et comment dénoncer sa tante, qui, emmurée dans le sien, ne pouvait se défendre ?

Tout cela lui était tout simplement IMPOSSIBLE.

Et puis elle était morte ce jour-là. Et on ne fait pas sa vie avec une morte.

* * *

Le 3 avril 1974, au petit matin, Célestine, incarcérée depuis six mois, mit fin à ses jours à l'infirmerie de l'établissement. Son lourd fardeau lui était devenu insoutenable.

Un peu plus tard, au cours de cette même journée, le petit écran annonça la mort du président Georges Pompidou. Célestine ne pleura donc pas, comme à son arrivée au monde.

On lui avait fait en toute urgence une césarienne. Le nourrisson fut adopté par un couple d'agriculteurs de l'Oise en mal d'enfant, M. et Mme Vigouroux, qui lui donnèrent le prénom qui leur avait toujours été si doux à l'oreille. Tous les habitants du hameau s'étaient extasiés devant le poupon. Constance avait en effet hérité de la grande beauté de sa mère.

Edith avait longuement pleuré son amie et avait bien souvent partagé son chagrin avec Adrien.

Ils s'étaient mariés le 12 septembre 1981 à l'église du village, toujours tenue par monsieur le curé.

REMERCIEMENTS

Merci à Robert, Hervé, Juliette, Marc, Arnaud, Daniel, Stéphane, Isabelle et Hervé pour leur foi dans le destin de ce premier roman et de partager avec moi cette merveilleuse aventure !

Ouvrage composé par
PCA – 44400 Rezé

#lisez engagé !
Pour plus d'information :
www.lisez.com
Imprimé sur du papier issu de forêts gérées durablement.

Imprimé en Espagne par
Liberdúplex
en février 2024
N° d'impression : 116192

POCKET – 92, avenue de France – 75013 Paris

S33919/01